KB156987

이 풍진 세상을 살자니

김진악 유머에세이

이 풍진 세상을 살자니

한길사

이 풍진 세상을 살자니

지은이 · 김진악
펴낸이 · 김언호
펴낸곳 · (주)도서출판 한길사

등록 · 1976년 12월 24일 제74호
주소 · 413-756 경기도 파주시 광인사길 37
　　　 www.hangilsa.co.kr
　　　 E-mail: hangilsa@hangilsa.co.kr
전화 · 031-955-2000~3　　팩스 · 031-955-2005

상무이사 · 박관순 | 총괄이사 · 곽명호
영업담당이사 · 이경호 | 관리이사 · 김서영 | 경영기획이사 · 김관영
기획편집 · 박희진 안민재 김지연 | 전산 · 한향림
마케팅 · 윤민영 | 관리 · 이중환 문주상 김선희 원선아

CTP 출력 · 알래스카 커뮤니케이션 | 인쇄 · 오색프린팅 | 제본 · 경일제책

제1판 제1쇄 2013년 11월 25일
제1판 제2쇄 2013년 12월 27일

값 17,000원
ISBN 978-89-356-6902-8 03800

• 잘못 만들어진 책은 구입하신 서점에서 바꿔드립니다.

책을 펴내며

맛이 있어야 좋은 글이다. 맛이 없는 글은 한물 간 음식괘 진배없다. 누구나 다 맛있는 음식을 좋아한다. 음식맛을 내려면 온갖 양념을 쳐야 한다. 마늘과 생강을 다져 넣고 고춧가루와 깨소금도 뿌려야 맛깔스러운 먹거리가 된다.

글의 맛을 내려면 어떤 양념을 쳐야 할까. 그 양념의 갈래는 하고 많다. 별의별 양념 가운데 하나만 고른다면 웃음이라는 조미료가 아닌가 한다. 웃음양념을 곁들인 글이 세상 사람의 배꼽을 빼놓는다면 이보다 더한 축복이 없다.

유머에세이는 모든 사람을 즐겁게 하는 짧은 글이다. 이 글은 선천적으로 익살스러운 사람만이 쓸 수가 있다. 억지로 웃기려는 글은 꼴불견이다. 중학교 국어책에 실린 글은 대개 무미건조하다. 인생의 교훈이나 심오한 철학은 교회나 절간에서 찾아야지 수필 작품에 요구해서는 안 된다.

나는 뒷사람을 생각해서 첫 눈길을 흐트러트리지 말라거나, 아프니까 청춘이라거나, 멈추면 비로소 보인다거나, 이런 말은 할 줄 모른다. 나는 하늘과 땅을 받들거나 산천초목을 그리지 않았다. 사람만이 웃음을 지닌 동물이기 때문에 나는 인간이 연출하는 골계적 행동에 흥미가 있다. 특히 한국인의 웃음은 내 평생의 연구과제다.

한국인의 웃음의 본질은 무엇인가. 한국인은 무엇에 대하여 웃는가. 한국인은 왜 웃는가. 한국인은 어떻게 웃고, 웃음을 어떻게 받아들이는가. 나는 일평생 한국인의 웃음에 대하여 글을 쓰고 책을 내기도 하였다. 그러나 아직도 그 웃음의 원형이 손에 잡히지 않는다. 웃음은 인간의 깊고 넓고 신비하고 오묘한 감정이기 때문이다.

내 춘추, 살 만큼 산 나이가 되었다. 그동안 세 권의 유머에세이집을 냈다. 정년 후에 수십 편의 글을 썼다. 저 세상에 가기 전에 내가 쓴 글 가운데 유머에세이만을 골라 이 책을 만들었다. 사이비 에세이라, 그야말로 웃기는 글이 많고 내가 그린 그림과 서예 또한 웃기기는 매한가지다. 저 잘난 맛에 산다는 말이 틀린 말이 아니다.

이 책을 내면서 고마워해야 할 분이 많다. 이번에도 박원규 서백의 도움이 컸다. 그리고 내 흐트러진 글을 정리하고 가다듬어서 책자를 만드는 일에 봉사해준 김창수 교수와 박현숙

실장에게 심심한 사의를 표한다.

오래 살고 볼 일이라고 한다. 이 졸저를 세상이 알아주는 '한길사'에서 내게 되어, 나는 기쁜 마음보다 부끄러운 마음이 앞선다. 김언호 사장님과 편집부 여러분에게 깊은 감사를 드린다.

웃을 일이 없는 이 풍진 세상에 내 글이 여러분의 잠시 위안거리가 된다면 다행이겠다.

2013년 11월

김신왁

이 풍진 세상을 살자니

**3 부드러운 웃음,
  사나운 웃음**

4 골계열전

1

하모何某 선생 이야기

"건강과 장수를 위하여 매서운 의지로 금연을 단행한 사람은 칭찬을 받는다. 건강과 장수를 포기하고 흡연을 계속하는 사람은 지탄을 받는다. 그러면, 긴 생명을 누리기 위하여 금연한 자가 위대한가, 생명을 무릅쓰고 흡연한 자가 위대한가. 목숨을 걸고 끽연하는 자가 훨씬 용감하고 위대하다. 내 평생에 목숨을 걸고 한 일이 하나도 없다. 만주 벌판에서 왜적과 싸운 적이 없고, 민주화 투쟁의 앞줄에 서본 적도 없다. 나는 조금 남아 있는 생명을 걸고 담배 피우는 일만이라도 해볼까 한다. 나는 아무래도 철없는 할아버지인 듯하다." • 「우등버스에서 생긴 일」에서

김동석의 예술과 생활

아버님이 대처에 다녀오실 때마다 서너 권의 책을 들고 오셨다. 그 가운데 월간 잡지 『신천지』新天地가 있었다. 내가 싱닌이 뇌어서야 알았지만, 해방공간 3년 동안은 좌파계열에서 신문과 잡지의 실권을 쥐고 좌지우지하였는데 좌지가 극심했다. 내가 달마다 『신천지』를 읽었더라면 어설픈 사회주의자가 되었을지도 모를 일이었다. 초등학생이 읽기에 너무 어려웠다. 우리 집에는 이야기책 몇 권도 있었는데 어머님이 밤늦게까지 읽고 계셨다. 어머님은 춘원 소설을 매우 좋아하셨다.

내 고향은 두메산골, 60여 년 전 우리 마을 사람들은 거의 까막눈이어서 책과 담을 쌓고 살았다. 어린 학생들도 동화책 한 권 구경하지 못했다. 『똘똘이의 모험』도 읽지 않은 촌놈이 운이 좋아서 서울의 명문 사학 배재중학생이 되었다. 중학생이 되어 읽은 책 가운데 방인근方仁根의 『여학생의 정조』가 있었다. 내 생애 처음으로 밤을 새우며 읽은 최초의 소설이었다. 미남 총각 음악선생이 여학생들의 인기가 많다. 제자들은 선생님한테 너도나도 넥타이를 다투어 선물한다. 넥타이를 바꿔 멜 때마다 제자들은 일희일비한다. 음악선생님은 제자들을 번갈아 가며 건드린다. 소설을 읽는 재미를 처음 느꼈다. 방인근의 다른 소설을 찾아서 다 읽었더라면 나는 연애소설의 대가가 되었을 것이다. 대학생이 되어 한국문학사를 들춰 보다가, 방인근이 나의 대선배가 되시는 줄을 알았다. 방인근은 배재학당이 수여한 정식 졸업장을 탄 최초의 문인이었다. 방인근의 후배 소월이 배재인이고 카프의 맹장 김기진金基鎭, 박영희朴英熙, 박팔량朴八陽 등이 모두 배재 출신이었다. 중학교 3학년이 될 때까지, 어떤 선생님도 기라성 같은 배재 출신 문인들의 얘기를 해주지 않았다. 6·25가 터지자 나는 낙향하였다.

　선배님이 쓴 애정소설 한 권 읽고 고등학생이 되었다. 고향 근처 전라북도 익산에 있는 남성고등학교에는 국어를 가르치시는 장순하張諄河 선생님이 계셨다. 장 선생님과의 만남이 내 인생을 북북서로 돌려놓았다. 선생님은 시조를 지으시고 시 잡지를 내고 계셨다. 선생님의 서재에는 한 벽을 차지할 만큼 책꽂이에 책이 꽂혀 있었다. 나는 나도 모르게 문학소년이 되었고 선생님만큼 책을 갖고 싶었다. 반세기가 흐른 오늘의 사제師弟는 어떻게 되었는가. 선생님은 시조문단의 태두泰斗가 되시고 제자는 삼류문인의 신세가 되었다. 스승에게 죄송망극한데

문향(文香)

제자가 나은 것이 있다. 나는 선생님의 책보다 백 배도 더 많은 책의 수장가가 되었다.

내가 고등학교 시절에 나온 학생잡지『학원』과『학생계』의 인기가 대단하였다. 학생들이 지은 시와 소설의 발표무대였다. 나는 두 잡지에 소설을 발표하고 수필을 투고하기도 하였다. 내가『학생계』에 발표한 일기수필이 김동리金東里·조연현趙演鉉이 지은『고등작문』교과서에 실리기도 하였다. 오늘날 70대 전후의 문인 가운데 학생 때 두 잡지의 고정 투고학생이 많다. 나는 독서생활이 조금 조숙한 편이었다. 고교시절에 조윤제趙潤濟의『국문학사』를 읽어냈다. 비린내 나는 학생잡지를 떼고, 성인용 문예지『현대문학』『문학예술』『자유문학』을 끼고 다녔다. 김치, 된장국만 먹고 버터나 치즈는 먹지 않는 편독을 하였다.

고등학교 시절에 좋게든 나쁘게든 내 독서생활에 커다란 영향을 준 책이 있었다. 1947년에 간행된 김동석金東錫의 평론집『예술과 생활』과 1949년에 간행된 평론집『부르주아의 인간상』이었다. 소란스러운 시대에 50편의 평론문을 쓴 문학행위가 놀라웠다. 명료한 문장이 매력이 있을 뿐 아니라, 예리한 필봉으로 문단의 대가들에게 대들었다. 그가 높이 평가할 만한 소설가나 시인은 거의 없었다. 이광수李光洙는 위선적인 소설가다. 이태준李泰俊은 생활을 모르는 예술가다. 김동리는 올챙이 문학

가다. 문학소년이던 나의 눈에 이렇듯 문단 대선배의 소설을 혹평한 김동석의 비평문은 경이롭고 감탄할 만하였다. 한국 근대문학 100년 동안, 주례사 작품론을 쓰지 않은 유일한 비평가가 누군가? 아마 김동석이 아닌가 한다.

문학청년 시절에는 문학작품을 많이 읽어야 한다. 나처럼 작가론이나 작품론을 읽기에 몰두하면, 시인이나 소설가가 될 꿈을 접어야 한다. 나보다 어머님이 바른 독서를 하셨다. 춘원 소설을 극찬하시며 날더러도 읽어보라셨다. 나는 김동석의 춘원 소설론을 인용하여 어머니에게 반론을 제기하였다. 춘원 소설뿐 아니라 김동석이 부정적으로 평가한 김동리, 유진오兪鎭午, 이태준의 소설만 읽지 않은 게 아니라, 동서고금의 명작소설도 거들떠보지 않게 되었다.

사물을 부정적으로 바라보는 태도는 부정적 결과를 낳는다. 내가 어머님의 말씀을 들었더라면 삼류 대중소설가라도 되었을까?

• 2008

장서지변藏書之辨

거의 삼십 년 전 일이다. 씁쓸한 옛이야기지만, 어제 일처럼 생생히 떠오르는 조그만 작죄를 잊을 수가 없다.

창 너머 교정의 반송盤松 가지 위에는 함박눈이 쌓이고 있었다. 강좌는 만주 청산리 전을 치르신 고 이탁李鐸 교수의 향가론. 돌을 씹는 강의가 무척 무료했던지 곁에 앉은 한정식韓靜湜 군이 내 귀를 간질이던 것이다.

"영천 전차 종점 근처에 있는 헌 책방에 『소년少年』지가 있다. 마침 주머니가 비어서 못 샀는데 오후에 사러 가겠다."

안 것이 유죄다. 강의가 끝나자, 한 군의 노발대발을 뒷덜미에 느끼면서 『소년』을 찾아 내달았다. 장안 김 서방집을 찾는 일보다 쉽게 땅바닥에 오그라 붙은 고사古舍를 찾아내고, 한쪽 구석에 한 군이 숨겨놓은 『소년』지 몇 권을 손에 넣고, 나는 보물섬을 발견한 동화의 주인공 소년이 되었다.

다음날, 기린처럼 키가 장대이고 심성이 선학仙鶴이던 한 군

20

이 나를 보자, 어떤 망할 녀석이 어느새 가져갔더라면서, 학이 까마귀가 되어 발끈대었다. 책이 유죄로 붕우朋友의 신의를 버리고 말았다.

1969년 11월 1일, 귀한 책을 많이 소장하고 계시는 김관호金觀鎬 선생의 그림자 곁에서, 부끄럽게 모범 장서가상을 수상했을 때, 언뜻 한 군의 까마귀 상이 되뇌어졌다. 누더기 잡지 때문에 친구를 배반한 내 소행을 신부처럼 용서해주기를 바라는 심정이었다.

나이 고희성稀를 빚아구셔야 할 신부는 한 군 하나가 아니다. 『두시언해』杜詩諺解를 갖다 준 엿장수 할아버지, 양서를 저울로 달아 준 노점 아저씨, 귀한 책을 외상으로 내주던 서점 주인, 스승을 위하여 할아버지의 한서를 들고 온 제자, 빌려주신 책을 안 찾으신 은사, 그리고 다이아반지가 소원이면서도 지겨운 책꾸러미 선물을 받아야 하는 아내, 여러 고마운 분의 은혜로 나의 서재는 만들어졌다.

매일 1미터 길이의 스틱을 짚고 다니며, 지팡이 높이만큼의 책을 사들인 부라아르는 유명한 장서가였다. 그리고 히이버는 한 번도 펴 보지 않은 서적이 수천 권이나 있었음에도 타계하던 전날까지 출판사에 주문서를 띄운 광서가狂書家였다. 이들은 모두 행복한 사람들이다.

책을 돈으로 모으는 일은 쉬운 일이겠지만 책을 발로 모으는 일은 기쁨이 크고 스릴이 있다. 서울 인사동 통문관通文館에 가면 웬만한 고서는 구할 수가 있다. 신간서점에는 구하려는 책이 있게 마련이고 세계의 어느 곳이든 주문서를 띄우면 그 책이 우송되게 마련이다. 그러나 벌이 꿀을 물어 나르듯, 산책의 길을 서점 순례로 잡고 한두 권의 책을 고르거나, 낯선 타지에 갔을 때, 그곳의 서사를 순방하여 몇 권의 진본珍本을 손에 넣는 감격은 엽서가獵書家만이 느끼는 희열이다.

가령, 주머니 사정이 여의치 못할 때는 저 능청스러운 가람 이병기李秉岐 선생 방식을 써볼 법하다. 덮어놓고 허술하고 큰 책을 집어들고 흥정을 하고선, 정작 사고자 하는 희귀본을 덤으로 얻어내는 수작인데, 이런 능청을 떠는 일도 한두 번은 무사히 통과되지만, 책사의 단골이 되면 만지는 책마다 금덩어리가 되던 것이다.

천금의 재화보다도 세상의 어떤 도취적 향락보다도 책을 사랑하는 애서가에게는 책은 바로 생의 의미이며 생의 반려자라 하겠다. 한순간도 책이 없이는 살 수 없다. 책이 없는 생활은 이 세상이 지옥이며, 책이 없는 세상은 바로 암흑의 천지다. 책이 없이는 지겨운 이 인생 생활을 하루도 참아낼 수 없는 독서광이 아니라 하더라도, 서적이 없는 세상은 상상할 수 없다. 우리가 누리는 문화·문명은 서적의 공적으로 이뤄진 것이요, 책은 실로 전 인류의 지혜와 발견과 노작의 결산이다. 서적을 푸대

초판 소월 시집 『진달래꽃』
배재학당 역사박물관에 기증한 필자 소장본

접하는 자는 문화인이라 할 수 없다. 생시에 육당六堂 선생은 문자가 있는 종이를 휴지로 쓴 적이 없다.

책은 생명체와 같다. 잉크 냄새가 향긋한 신간서는 갓 태어난 아이라면, 오랫동안 없어지지 않고 남아 있는 고서는 불로영생의 서옹書翁이라 하겠다. 조선백자보다 고려청자가 더 값지듯이 수서蒐書의 즐거움은 선인의 손때가 묻은 고본이 더하다. 현대 활자로 인쇄한 포켓판 『맹자』가 주먹만한 활자로 찍은 『맹자언해』의 고색창연함을 자아낼 수 없다. 거기 서인書印이 새겨져 있고 붉은 관주貫珠라도 있으면 경건한 엄숙성을 느끼게 된다. 대체 이 책은 수백 년의 표류 끝에 어떤 여정을 거쳐 나의 서실에 오게 되었을까? 그리고 나의 장서는 또 어떤 주인을 찾아갈는지?

독서광이 되기에는 지식이 부족하고, 수서광蒐書狂이 되기에는 재력이 옹색한 나는, 그저 몇 권의 책을 무한 사랑하는 애서가일 뿐이다. 그러므로 천하의 수서가들이 기를 쓰고 찾는 희귀한 초판이나 호화판, 미절판未截版, 두서豆書 한 권이 없고, 특수 판적特殊版籍이나 고사본古寫本 한 권 변변히 자랑할 것이 거의 없다. 나에게는 저 소위 천양지간고본天壤之間孤本이나 진장 경인비책珍藏驚人秘冊이 있을 리 없고 자자손손 영세보장永世寶藏할 만한 희관서稀觀書도 없다.

내 장서는 예쁜 일본 책이 아니요, 꿀 냄새 풍기는 양서도 아니다. 그저 한글시대의 한글 책이 대부분이다. 그러나 나는 곰 팡내 나는 나의 장서와 바꿀 수 있는 것이 이 천하에 아무것 도 없다고 단언한다. 임어당林語堂 옹이 주장한 독서가 최상의 독서법이라면, 우리를 즐겁게 해주는 서적만이 양서인지도 모른다.

며칠 전에 구입한 사본 한 권이 있다. 개화기에 사용한 교재 인 『지구약론』地球略論인데 이 작은 방석만한 책을 읽으면서 나는 포복절도하였다. 그리하여, 이 고본은 나의 애장서가 되 었디.

　問……디구가 무슴 모양이뇨

　答……둥근 모양이니라

　問……디구가 안정ᄒᄂ뇨

　答……디구가 날마다 ᄒ번식 도나니라

　問……디구가 돌면 엇지 되ᄂ뇨

　答……낫과 밤이 되ᄂ니라

　問……엇지하여 낫과 밤이 되ᄂ뇨

　答……ᄯ히 히를 ᄃᄒ면 낫이 되고 히를 등지면 밤이 되ᄂ
　　　　니라

　• 1984

국수 한 그릇

 우리 마을 앞 언덕배기에 초가 한 채가 따로 있었다. 대문도 없는 집이었다.

광복 다음 해 봄, 그 지붕에 난데없이 대나무로 만든 십자가가 꽂혔다. 가끔 그 집 울타리를 새어나오는 노랫소리가 온 마을에 안개처럼 울려 퍼졌다. 교인이라야 부인네 예닐곱, 초등학생 대여섯이 되었다.

대처에서 집사 노릇을 하던 분이 귀향하여 있다가, 자기 집 마루에 차린 예배당이었다. 집사님은 키가 작고 검은 테 안경에 중절모를 쓰고 흰 두루마기를 늘 입었다. 상해에서 귀국한 김구金九 선생과 닮았다.

그해 여름, 나도 꼬마 예수쟁이가 되었다. 난생처음 찬송가를 부르고 기도를 드리고 목사님 말씀도 들었다. 반백 년이 더 지난 옛일, 이제는 그 초가 예배당의 기억이 아스라하고 집사님 얼굴도 감감하나, 오직 한 그릇 국수를 얻어먹은 일만은 잊히지 않는다.

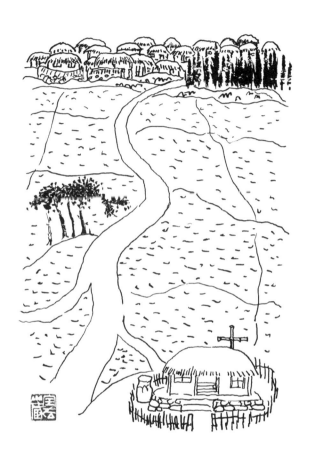

내가 교인이 된 지 이틀 만에 친구의 할머니가 세상을 떠났다. 초상집에 교인들이 모두 모였다. 마당에 차일을 치고 멍석이 깔려 있고 몇 개의 밥상이 놓여 있었다. 신자들은 모두 거기에 맞대 앉았다. 임종 예배를 마치자, 이내 국수 사발이 나왔다.

그때 국수 한 그릇은 대단한 먹거리였다. 교회에 다닌 애들은 어른 틈에 끼어 앉아서 국수를 행복하게 먹고 있는데, 우리를 예수쟁이라고 놀리던 친구들은 우리 주위에 서서 손가락을 빨고 있었다. 하느님의 사랑은 끝이 없다. 엊그저께 교인이 된 나는 은혜가 충만한 문상객의 자격이 있었다.

밥상머리에서 침을 흘리고 있던 옛 친구들을 생각하면, 나는 요새도 밥을 입에 물고 웃음을 터뜨린다. 하느님도 한참 웃으셨을 것이다.

믿는 자 복이 있다는 말씀은 만고의 진리다.

• 2007

안경잡이 전봇대

 도내 중학교 대항 배구대회가 열렸다. 나는 축구를 좋아하고 배구도 잘하여 학교 대표선수로 나섰다.

9인제 배구를 하던 때였다. 나는 맨 뒤 왼쪽을 맡았다. 요샛말로 후위 레프트였다. 억세게 날아오는 공을 잽싸게 받아 앞으로 밀어주는 몫이었다. 그런데 상대편 선수가 떡 치듯 내리꽂는 공을 받을라치면 내 어깨가 도망가는 듯하였다. 내가 받는 공은 번번이 앞쪽으로 가지 않고 옆이나 뒤로 야구공처럼 날아갔다. 뒤에서 공을 제대로 밀어주어야 앞 선수가 죽을 쑤거나 떡을 칠 텐데, 날아온 공을 내가 죽 쑤고 떡 치니 앞에서는 죽이고 떡이고 나발이고 하잘것없이 한가롭게 굿을 보고 있었다.

나를 좋아하는 여학생들이 진을 치고 응원을 하고 있는데, 이런 망신하고도 망신이 따로 없었다. 내 얼굴은 점차 달아오르고 식은땀이 흘러내렸다. 그때였다. 상대편 응원석에서 돼지 떡

따는 고함소리가 내 귀를 때렸다.

"저 안경잡이가 구멍이야, 구멍! 거기다 마구 먹여! 전봇대야, 전봇대."

사방을 둘러보니 안경 낀 선수는 나 말고는 없었다. 안경잡이는 정말 전봇대가 되었다. 발은 땅에 붙어 있고 손은 말을 듣지 않았다. 전신주나 되면 좋게, 초겨울 밭에 홀로 서 있는 수숫대가 되었다. 배구 감독 선생님이 지나가는 학생이라도 붙들어다가 내 대신 꽂아 넣어야 했다.

바야흐로 우리 팀은 안경잡이 전봇대 구멍 때문에 첫 게임에서 낙동강 오리알처럼 떨어지고 말았다. 패잔병들은 다음날까지 여관에 묵을 까닭이 없었다. 기다리고 기다려서 오밤중에 완행열차를 탔다. 나는 차창에 기대어 친구들 몰래 눈을 가리고 한없이 울었다.

내 머리에 서리가 내린 지 오래다. 세월이 약이라는 말도 헛소리다. 나를 전봇대라고 하고 구멍이라고 야유한 고함소리가 뇌리에서 되살아나면 지금도 자다가도 벌떡 일어난다. 그야말로 내 인생 일대의 씻을 수 없는 치욕이었다. 나를 야유하고 멸시한 그 녀석은 백발을 휘날리며 전신주 옆에 구멍가게나 차려 놓고 살 것이다.

• 2003

딸 자랑

안사람이 첫 딸을 낳고 다음에도 언니와 닮은 애를 낳았다. 우리집은 두 딸을 두게 되었다. 딸만 둘이라는 말을 나는 쓰지 않는다. 누가 물어오면 "딸 둘만 기르지요"라고 대꾸한다.

평생 비행기 타고 제주섬에 가고 미국 구경을 할 팔자가 되었다. 가끔 내 마음을 덧나게 하는 친구가 있다. 삼등 연락선을 타고 울릉도에 갈 사람이다. 첫 아들을 본 그 친구는 다음에는 딸을 낳겠다고 거드름을 피운다. 제가 무슨 재주로 구색을 맞추겠다고 하는 건지 알 수 없다.

첫딸의 이름은 '보라'라고 지었다. 김보라! 눈부신 보라색 옥돌이 구른다. 어감이 곱고 뜻도 깊다. 이 여인을 보라! 순 한글로 호적에 올렸다.

나는 딸들을 사랑하는 마음의 백의 하나만큼도 남을 돕지 않았다. 어리석은 백성을 어여삐 여기지 않았고 그들이 하고자 하는 바를 헤아리지 못하였다. 나로 말하건대, 한평생 훈민정음을 밑천 삼아 먹고 사는 국어 접장으로서, 딸들 이름이나 한글로 지어서 세종대왕에게 바쳤다.

딸의 이름이 썩 잘 된 듯하였다. 애비의 허락도 없이 여기저기 보라아파트가 들어섰다. 거리에는 보라패션 전문점이 생겼다. 어울리지 않는 보라슬레이트를 만드는 공장이 생겼다. 게으른 부모가 애당초 특허청에 딸 이름을 올려놓지 않은 일이 한이 되었다.

이보다 더 한스럽고 섭섭한 일이 또 있었다. 갓난애를 안고 아빠가 동네 고샅에 처음으로 나왔을 때였다. 보기도 아까운 우리 딸을 마음껏 보라고 말이다. 아무래도 모를 일이었다. 딸을 보고 누구 하나 예쁘다는 사람이 없었다. 옆집 할머니 한 분이 한다는 말씀이 복스럽게 생겼다고 하였다. 복스럽다는 말은, 칭찬할 구석이 없는 아이를 두고 하는 인사치레라는 사실을 오래 후에야 알았다.

스물다섯 해 전에 동네 할머니의 관상은 맞았다. 내 딸은 복스럽게 자랐다. 곱게 컸다. 치열한 입시경쟁에서도 심지를 잘 뽑아서 명문 여고를 다니고 한강 가에 있는 대학도 나왔다. 우리집 공주는 직장에 나가거나 유학 가는 꿈은 꾸지 않았다. 요새 드문 효녀요 양반집 규수라 하겠다.

졸업하자마자 따님의 지상목표는 오직 시집가는 일이었다. 제가 골라놓지도 않고 엄마더러 사윗감을 대령하라고 보채었

BOLAN

김보라와 김다원

다. 이 여성을 보라고 했더니, 뭇 사나이들이 보다가 눈이 부셔 다 달아난 모양이었다.

장안의 여러 베테랑 매파에게 딸을 내놓았다. 보이기도 아까운 딸이 선보기로 나서는데, 아침에 보고 점심에 만나고 저녁에 맞선을 보자니, 이런 야단이 없구나. 만나본 총각이 무릇 기하이며 만난 장소가 무릇 기하이며 후보 신랑의 직업이 무릇 기하이뇨.

어디서 전화가 오면 잠꾸러기 내 딸은 어느 녀석인지 분간할 줄 몰랐다. 복 받을 일이었다. 우리집 따님은 보는 신랑감마다 다 좋다고 하였다. 좋게 보면 착한 선녀요 흠이라면 주체성이 없었다.

장님 문고리 잡은 격으로 의사총각이 나타났다. 의사는 의사인데 '한'자가 앞에 붙는 한의사인데, 마치 우리 딸을 만나려고 세상에 나온 사나이 같았다. 키는 조금 작지만 이목구비가 반듯하였다. 보약을 들고 우리집에 찾아오기도 하였다. 장인 될 어른이 뇌물에 약하다는 소문을 들었나 보았다. 애의 애미가 물었다.

"처음에 우리 딸을 보고 어땠지요?"

"정신이 없었어요."

한약방 주인이 우리 딸을 제대로 본 듯하였다. 이 여인을 보라고 하였더니, 보는 임자 따로 있다. 보자마자 정신을 반은 놓은 모양이었다. 이성을 잃은 듯하였다.

신랑감이 제정신을 차리기 전에 예를 갖춰야 했다. 사주관상쟁이 찾을 틈이 없고 길일을 택할 겨를이 없었다. 지난겨울, 한강물 돌아가는 노량진 언덕 위의 교회에서 결혼식을 올렸다.

신부 이름처럼 보라고 안 해도 손님들은 신랑 신부를 다투어 보고, 천하일색 천정배필이라고 감탄하였다. 머리맡에 솟아 있는 63빌딩을 쳐다보는 하객은 하나도 없었다.

• 1985

안사람 이야기

 남들도 더러 그러기에, 어느 화사한 봄날, 집사람 칠보단장을 시켜서 부부동반 나들이를 하였다.

장안에서도 한복판 명동 거리를 바자니는데, 유리 창 속에 벌여놓은 금은보석을 구경하고, 옷가지도 들여다보는 눈요기를 할 만하였다. 청승맞게 둘이서 손을 잡고, 동서남북 기웃거리는 꼬락서니가 오래간만에 상경한 와룡선생, 바로 그 모양새였다.

배가 출출하여 아내가 소원이던 자장면을 먹고, 리어카 목판에서 구슬 가방도 하나 골라 샀다. 가난한 남편의 호주머니가 달랑달랑하였으나, 예까지는 아무 탈이 없었다. 안사람은 좋은 남편을 두었다고 행복이 넘치는 듯하였다. 입가심으로 아내가 석 달하고도 열흘 동안 비싸다고 비싸다고 되뇌인 커피도 마셨으니 말이다.

사건은 버스정류장에서 벌어졌다. 어쩌다가 보는 옛친구와 만났다. 서로 가벼운 악수를 나누었다. 예까지도 별일은 없었으나, 호사다마라, 그 친구 내 안사람을 보더니 한다는 소리가 뚱딴지였다.

"자네는 효잘세. 자당님을 모시고 나왔군!"

초로에 빨리도 노망한 친구와 헤어진 뒤에, 나는 아내를 위로할 일이 큰 걱정이었다. 그런데, 안사람은 한번 작게 웃고 그만이었다. 바깥양반은 안절부절못하는데 알다가도 모를 노릇이었다. 마음쓰기로 말할작시면 남편은 남산이요, 아내는 북악산이었다.

닝뚱 사건 이후, 이십 수년이 지난 엊그제도 우리집 왕비를 서운하게 한 일이 또 일어났다. 우리 집에서 어부인을 왕비라고 부르는데, 이 미풍양속이 널리 퍼져서 우리 앞집에서도 안주인을 왕후로 떠받들고, 뒷집에서도 덩달아 중전마마로 대접하면 좋겠다. 온 세상 사나이들은 너나없이 왕이 되고 싶지만, 어중이떠중이 다 임금이 될 수 없으니, 저마다 부인을 왕후로 여기고 중전마마로 모셔서, 남편들은 스스로 대왕전하가 되어 환대를 받고 영화를 누리자는 것이다. 천하의 못난 남정네들에게 권할 만하다.

우리 궁정의 중전마마를 알아보지 못한 자는 동사무소 서기였다. 내가 주리틀고 있는 서재로 새어들어오는 말소리를 듣자니, 무슨 용무로 왔다거니, 도장이 있어야 한다거니, 옥신각신하더니, 사나이 목소리가 높아졌다.

"주인 좀 보자고 해요."

몇 마디 말이 오가고 진정되는 기미가 보이는 듯하였다. 동사무소 나리가 간 뒤, 중전은 상감의 방에 대고 아뢰었다.

"날 파출부로 알았나 봐."

남편은 동서기 멱살을 잡고 싶은데, 아내는 무사태평이었다. 생불生佛이 따로 없다. 역시 바깥양반이 한강이라면, 안사람은 황해바다였다.

백두산의 정기가 내리고 황해 용왕이 점지하여 중전은 두 공주를 두었다. 후사를 염려하는 여론이 들끓었으나, 상감은 따로 여러 빈을 두지 아니하였다. 아들 딸 구별하지 말라는 국가시책을 준수하였다.

두 딸의 이름은 보라와 다원이라 지었다. 이 여인을 보라. 다원하는 사람이 되라. 뜻이 산보다 높고 바다보다 깊다. 효녀들이 심지를 잘 뽑아서, 명문 여고를 졸업하고 서울(에 있는) 대학에 다녔으니, 귀한 아드님을 천안삼거리로 내치고, 예쁜 따님을 제주도로 귀양보낸 부모님들에게 황송하였다.

딸들이 혼기가 다가오는데, 팔도강산에 뭇 떠꺼머리총각들이 우리 딸들을 다 원하여 다투어 보려고 몰려오기를 바라지만, 세상만사 제멋대로 될 리 있는가.

가장이 물려받은 재물이 없고, 직업이 접장이라 가세가 날로 기울어서, 궁여지책으로 집사람이 사장 노릇을 하게 되었다. 포

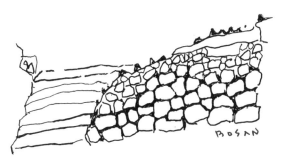

장마차 주인도 사장 행세를 하는데, 약국의 국장을 여사장이라 부른대도 누가 탓하랴. 아내가 사장이면 남편은 회장님이다. 약국 명칭을 회장이 짓고 길일을 택하여 문을 열었다. 둘째 공주의 이름을 따서 '다원약국'이라. 동네방네 사람들이 다 원하여 아침부터 저녁까지 문전성시를 이루기를 바랐다. 없이 사는 달동네 분들, 큰 병나기 빌면 천벌받을 일이고, 그저 고뿔에 걸리거나 배탈이 나거나 넘어져서 팔꿈치 까질 만큼만 다쳐서, 그때마다 우리 약방에 왔으면 하였다.

바야흐로, 다원약국 여사장, 약장사를 하는데 실로 요란하것다. 다투어 약 먹으러 오는 손님 별로 없고, 지나가던 온갖 잡새들이 방앗간 드나들 듯하는 것이었다. 시도 때도 없이 잡상인들이 들락거리는데, 들러가고 쉬어가고 물 먹고 가고 담배 태우고 한잠 자고 가니 실로 가관이었다. 이만저만해도 회장님은 여사장님을 탓하지 않았다. 약 파는 집에 되레 제 물건 팔고 가니, 파는 약 한 가지에 사는 물건은 열 가지라. 꿀 장수 가짜 꿀 놓고 사라지고, 돗자리장수 봉 씌우고 달아나고, 할머씨 빈 보퉁이 담보로 노잣돈 꾸어가고, 월부책으로 노적 만들기, 하 기가 막혀, 어떤 불한당은 여사장님 자리 비운 사이 약품을 죄 쓸어가기도 하였다.

어디 이뿐이랴. 회장님이 퇴근길에 들러 보면, 약국이 아니라 동네 부인네 사랑방일시 분명하였다. 할머니, 아주머니, 색시

할 것 없이 앉거니 서거니, 애를 안고 있는 여인네, 들쳐업은 부인네, 뜨개질하는 할머니도 있었다. 계모임인지 반상회를 하는지, 왔던 손님 기겁하여 번번이 되돌아갔다. 이러기를 한두 번이 아니어서 마침내 회사의 문을 닫기에 이르렀다.

아내의 잘못은 묻지 않기로 하였다. 이십 수년 동안 쌓은 공이 허문 공보다 크기 때문이었다. 권력이 없고 재물이 없고 건강이 없는 가장을 헌신적으로 내조하였고 두 딸을 곱게 길렀다. 밍크 목도리나 다이아반지를 탐내지 아니하였다. 가상한 일은 내자가 수많은 복부인들을 제치고 아파트 추첨을 따내서, 서울 강남하고도 압구정동, 한강물 창밑에 남실거리는, 5천만 동포가 선망하는 아파트 보금자리를 장만하였다. 안사람이 조그만 사업을 거덜냈다고 하여, 바깥양반이 일성대갈 진노한다면 그야말로 소인배다.

인생무상이라. 비바람 찬 서리에 내자의 머리에 하나 둘 흰 털이 생기고 얼굴에는 주름살이 늘어만 간다. 반백이 된 안주인은 외할머니가 되겠다고 아침저녁으로 전화통 곁에서 살고 있다.

"우리 딸은 재수했는데……. 의사가 나왔다구요? 많이 해달랄 텐데……. 선생 딸이라고 한번 보잔다구요?"

팔불출이 되어도 좋다. 나는 요로코롬 사는 아내를, 입술에 침을 바르고 사랑한다.

• 2000

이 풍진 세상을 살자니

영감이 백 살이 되려면 아직도 멀다. 흔히, 나이를 묻는 일이 예쁜 여인한테만 실례인 줄 안다. 철딱서니 없는 젊은이가 나이를 물어올 때가 있다. 영감은 환갑이 갓 넘었다고 말해둔다. 이렇게 시치미를 떼기 십 년도 더 넘은 듯하다.

누구나 다 그럭저럭 살다가 어느 날 문득 저도 모르게 나이를 몽땅 먹게 된다. 나이를 많이 자시면 그만큼 많이 지니고 누려야 지당하다. 고려청자가 박물관 상등석을 차지하는 까닭은, 그것이 천 년 나이를 먹어서가 아니던가. 세상 이치가 이러하지만, 만사가 다 그렇지는 아니하다.

춘추 망팔질望八耋에 이르니, 아닌 게 아니라 많이 지니고 누리기는 한다. 잔병이 많고 조석으로 먹는 약 봉다리도 많아진다. 괜히 섭섭한 마음이 많아지고, 아니꼬운 일이 많으니 사나운 말이 많아진다. 할머씨가 좋아하는 짓은 않고 하지 말라는 짓만 골라 하니, 할머씨 잔소리가 많아지고 영감은 시나브로 혈압이 오르니 상도 주지 않는 병원 개근생이 된다.

인생 황혼에 이르러 다복다남多福多男, 천수만복千壽萬福을 누리는 노옹이 그 몇인고! 누리는 일이 많기는 많은데 안 좋은 일은 많고 좋은 일은 많지 않다. 감춰놓은 비자금은 바닥이 나고 호주머니에 찬바람이 부니 맥이 풀린다. 그 많은 일가친척 하나 둘 저 세상에 가고, 먼저 황천에 간 죽마고우가 적지 않다. 몸을 뒤적여도 잠이 올 리 없다. 새벽잠도 없다. 할머씨도 마찬가지다.

꼭두새벽부터 할머씨는 주방에서 요란하다. 딸그락거리다가 주절거리다가 「목포의 눈물」을 콧노래로 부른다. 매우 처량하여 영감도 슬퍼진다. 독백인지 영감더러 하는 건지 말소리가 들린다. 영감은 입 떼기를 망설인다. 묻지도 않은 말을 했다간 꾸중을 듣는다. 다시 물었다간 벼락이 떨어진다. "벌써 귀를 먹었어"라고. 영감은 일 년 열두 달, 하루도 삼시세때 눈칫밥은 먹었으나 귀를 먹은 적은 없다.

귀는 어둡지 않으나 기억력은 많이 가신 듯하다. 잊을 게 따로 있지, 손자 이름을 잊어먹는다. 소싯적에 짝사랑했던 여배우의 이름이 생각나지 않는다. 서울시장 이름은 물론이고 대통령 이름도 까먹는다. 잊어버리고 잃어버린 것이 하고 쌨다. 금방 한 말을 또 한다. 인삼 녹용이라면 모를까, 시답지 않은 얘기를 재탕 삼탕을 해대니, 할머씨가 역정을 안 낼 리가 없다. 할머씨

도 피장파장이다. 아침에 한 얘기를 점심때 다시 하고 저녁이
되면 처음 하듯이 되풀이하고 토씨 하나 안 틀리게 잠자리에서
또 되뇐다. 그때마다 영감은 할머씨 말씀을 난생처음 듣는 것
처럼, 세상에서 가장 재미있는 얘기처럼, 흥을 돋워주고 추임새
를 곁들여 감탄한다. 이 풍진 세상, 이렇게라도 마음이나 편히
살아야 한다.

　현명한 영감은 할머씨한테 싸움을 걸지 않는다. 백 번 싸워
보았자 한 번을 못 이기는 싸움은 싸움이 아니다. 넘치던 부부
애는 어디 가고 노병老兵은 전우애로 산다. 영감은 세 가지 조건
을 갖춰야 할머씨를 이겨 먹을 수가 있다. 첫째는 권력이다. 비
록 백발이지만 지금껏 큰 감투라도 쓰고 있어서 저녁 9시 뉴스
에 얼굴이 비치고, 조간신문 삼면에 더러 사진이 실리기라도
하면, 겉으로나마 항상 추앙을 받는다. 권력이 없으면, 다음으
로 돈이 있어 보아라. 저금통장에 백 억이 있고 말죽거리에 오
만 평 땅이 누워 있으면, 일가친척이 아침저녁으로 찾아와 알
현한다. 할머씨는 늦게나마 현모하고도 양처가 된다. 권력이 없
고 재물이 없다면 출가하여 스님이 되어야 하는가. 그렇지 않
다. 끝으로, 이도저도 없다면 한라장사, 백두장사 씨름 선수 같
은 힘이 있으면 된다. 82살 노인이 28 청춘의 젊음을 지니고 있
으면, 동네 뭇 할머씨의 존경을 받는다. 셋은 과하고 그 가운데
하나만 있어도 천복을 타고난 노인이다.

청춘루·고해당·황혼전(青春樓·苦海堂·黃昏殿)

누리고 있다 하더라도 권력·재물·건강은 오래가지 않는다. 해야 할 일은 노인장의 체면과 권위를 지키는 일이다. 나이가 들면 건강이 나간다. 어깨는 제풀에 처지고 허리는 멋대로 휘고 무르팍에서 쥐새끼 우는 소리가 난다. 그렇다고 아침에 눈만 뜨면 여기 아프고 저기 결리고 온몸이 쑤신다고 엄살을 부려서는 안 된다. 일가친척은 관두고 조강지처를 비롯하여 아들·며느리·딸·사위·손자·외손녀, 누구 하나 놀라거나 걱정하는 기색이 없다. 영감은 부실한 다리를 지팡이에 의지할 생각을 말아야 한다. 그걸 짚고 나섰다간 동네방네 이웃들에게, 이 노인네 갈 날이 머지않다고 알리는 꼴이 된다. 영감은 원효대사가 물려준 명아주 지팡이라도 짚기를 삼가야 한다.

양인심사 양인지兩人心思兩人知, 두 사람 마음은 두 사람만 안다. 때마침 할머씨와 영감의 마음을 달래주듯 여가수가 TV에 나온다. 영감은 백내장기가 있어서 모든 여인이 다 미스코리아로 보인다. 「비 내리는 영동교」를 간드러지게 불러제낀다. 영감은 백팔번뇌를 떨쳐버리고 얼굴에 생기가 돈다. 희색이 만면, 황홀지경에 빠져 어깨를 약간 덩실거리고 엉덩이까지 들썩거리는데, 할머씨가 소스라치게 일어나 TV를 돌려버린다. 영감은 못내 아쉽다. 돌려놓은 화면에서는 마침 천하장사 씨름판이 벌어진다. 영감은 풀이 죽어 있고 할머씨는 활기가 돈다. 알몸을 드러낸 씨름꾼을 보면서, 할머씨는 금세 눈망울에서 빛이

나고 소리치고 박수 치고 야단야단 생야단이 난다. 영감이 벌떡 일어나 TV 덩어리를 들어 창밖으로 내던지려 하나 꼼짝달싹할 수 없다.

아! 식은 줄 알았더니 잿속에 사랑의 씨앗 한 톨이 남아 있었나 보다. 그 씨앗은 하느님이 하지 말라는 시기 질투의 싹을 품고 있다. 사랑이 있어야 시기를 하고 질투도 하는 법이다.

할아버지의 할아버지

긴히 볼 일도 없는데 밖에 나갔다가 차를 타게 되었다.

내가 버스 문턱에 한 발을 올려놓자, 청천 하늘에 벼락 치는 소리가 났다. 저만치 앉은 노인장이 나를 손으로 가리키며, 앞에 앉아 있는 학생 뒤통수에 대고 호통을 쳤다.

"할아버지 올라오신다, 일어나!"

민망한 자리에 앉기 전에 어른에게는 예를 치렀으나, 내 딸의 아들뻘 되는 꼬마 녀석은 어디 숨었는지 보이지 않았다.

나는 요렇게 할아버지가 되었다. 복을 타고난 사람은 자고 일어나 보니 어마어마한 사람이 되었다는데, 나는 낮잠도 자지 않고 바야흐로 할아버지가 되었다.

세상만사 차례가 있는 법이다. 너나없이 나이가 차면서, 형씨라거나 아저씨 소리를 듣다가, 더러 선생님 대접을 받거나, 가끔 할아버지라 부르면 속으로 앙탈을 부리다가, 어느 날인가 누가 봐도 꼼짝없는 할아버지로 자리를 잡게 된다.

하 하 하

히ㅣ 히ㅣ 히

허 히 허

흠 허ㄴ호ㅣ

구상시

(그의 일생)

변상서 🀫

요새는 할아버지도 조숙하는가 보다. 나는 그냥 나이만 자신 그저그런 할아버지가 아니라, 수염이 허연 할아버지가 나를 할아버지라고 하였으니, 대번에 할아버지의 할아버지가 된 셈이다. 젊은이들은 모를 것이다. 한번 할아버지가 되면, 영원한 할아버지로서 누리는 행복과 권리가 이만저만이 아니다.

말죽거리 땅부자 노인이라 하더라도, 땡전 한 푼 안 내고 오만 가지 혜택을 누린다. 고종황제가 살던 구중궁궐에 무상출입이다. 천 년 묵은 불국사든, 보물이 가득한 박물관이든, 문간에서 돈 내라는 사람이 없다. 팔도강산 여기저기 국립공원에도 백발을 휘날리며 들락거린다. 지하철 거저 타고 서울의 동서남북 사통팔달 못 갈 데가 따로 없다.

어디 그뿐인가. 시장나리까지 나서서 달마다 교통비를 보내 주고, 옹색한 노인 집에는 쌀과 연탄을 날라다 주기도 한다. 아! 태평성세 대한민국 만세, 노인 천국 만세다. 진실로 진실로 이르노니 성은이 망극하다. 욕심을 부린다면, 우리 집 앞길에 지하철이 뚫릴 때까지 살았으면 한다. 아파트 시세가 강남 뺨치게 치솟을 것이니 말이다. 과욕을 부린다면, 노인네들 듣는 데서 닥쳐오는 고령사회를 걱정하지 말 일이요, 동방예의지국의 경로정신을 헌법 전문에 밝혀 놓을 일이다. 이런 선언은 그 이치가 그렇다는 말이지, 세상 일이 뜻대로 되지 않는 법이다. 더러는 노인이 노인을 푸대접하는데, 젊은이들더러 늙은이를 상전으로 모시라고 할 수도 없는 노릇이다.

나는 할아버지의 할아버지의 자격이 있고도 남는다.

• 2004

우등버스에서 생긴 일

지난가을, 우등버스를 타고 시골에 갈 때였다. 학생 시절에 꼴등을 했더라도 누구나 우등버스를 탈 자격이 있다. 나는 초등학교 때부터 더러 우등상을 탄 적이 있어서, 구태여 우등버스를 타지 않아도 되는데, 돈 아까운 줄 모르고 올랐다가 탈이 생겼다.

좌석번호를 찾아 자리를 잡고 있으려니, 이내 예쁜 여성이 내 곁에 나타났다. 척 보아하니, 딸기미인대회에 나설 만한 미녀였다. 그 아가씨가 앉아 있는 내 몰골을 얼핏 보고 흠칫 놀라는 기색을 보이더니, 뒤켠 빈 자리로 허겁지겁 가버렸다. 실로 행복은 기적처럼 왔다가 행복처럼 사라졌다. 나는 헤벌어진 입을 다물고 잠시 인생철학자가 되었다.

내가 세상이라고 나와서 예순아홉 살이 되는 어느 해, 어느 달, 어느 날, 몇 시에, 어디 가는 무슨 버스, 창쪽 몇 번 자리에서 아름다운 처녀와 나란히 앉는 행운이 있었다. 삼신할머니가 점지한 뜻을 어기고 내 곁을 마다한 여성도 세상에 나오기도 전에, 이미 그날 그 버스에서 나와 만나는 인연을 타고 나왔다. 나와 그 여인의 인생을 보태면, 어림잡아 100년, 그 길고 깊은 연분이 한순간에 나무아미타불이 되어버렸다. 내 나이 마흔아홉에 이런 봉변을 당했다면, 석간신문에 날 만한 소동이 벌어졌을 것이다.

나도 소싯적에는 알아주는 다혈질자요 비분강개형 우국지사였다. 툭하면 흥분하고 걸핏하면 고함을 쳤다. 나이가 들어도 철이 들지 않았다. 저녁마다 뉴스를 볼 때는 거의 이성을 잃었다. 얼굴에 희희달을 쓴 정상배들이, 누가 예쁘다고 미소를 짓고 나타나면, 폭언을 퍼붓고 삿대질을 하고, 노발대발, 얼굴이 붉으락푸르락 노기충천하여 금방 무슨 일이 날 듯하였다. 이렇게 난리를 치르면, 수면제를 먹어도 한 주먹은 먹어야 잠을 잤다. 틀림없이 국회의원들하고 제약회사하고 서로 짜고 치는 고스톱을 하는 모양이었다.

노처가 어지간히 걱정이 된 듯하였다. 옛날에 기독학생회 부회장을 지낸 할머씨라, 무슨 계시를 받았는지 기상천외한 방책을 내놓았다. 나는 그 제안을 쾌히 따라 하기로 하였다. 안 보는 것이 상책인데, 죽치고 앉아서 저녁 뉴스를 볼 때마다 내 엉덩이가 벌써 들썩거리며,

"저런! 저런! 천하에……."

하면, 우리 할머씨가 얼른 추임새로 받아서,

"죽일 놈! 살릴 놈! 몹쓸 놈! 벼락을 쫓아가 나잇수대로 맞을……."

하고 맞장구를 쳤다. 내가 연습을 시킨 대로 하였으나, 성이 어림 반푼어치도 가시지 않았지만, 내가 할 말을 할머씨가 감당하였다. 이러기를 여러 날 되풀이하다 보니, 내 마음이 고요해지고 얼굴에 사나운 기운이 사라졌다. 요사이 노처는 내 대신 혈압약을 열심히 복용하고 있다. 열 효자 부럽지 않다. 조강지처 덕분에 심장병을 모르고, 범사에 감사하고 초연한 심성을 지니게 되었다.

할아버지가 손자들과 밥을 먹는데, 멋모르고 갈비찜에 손을 댔다가 할머씨한테 꾸중을 들어도 천하태평이었다. 명동의 웬 다방에 들렀다가 아가씨가 심히 못마땅해했을 때도, 너는 할아버지도 없느냐고 큰소리를 지르지 않았다. 나의 유일한 잡기인 짓고땡을 치다가 삼팔광땡을 잡아도 관자놀이의 혈관이 발딱거리지 않았다. 우리 축구팀이 일본에 5:0으로 져도 천하태평이었다.

내 생일날, 딸이 빈손이나 마찬가지로 찾아와도 오래 두고 섭섭해하지 않을 것이다. 어쩌다가 50억짜리 로또복권이 나와도 나는 자빠지지 않을 배짱이 있다. 어느 날 남과 북이 통일이 된다 하더라도 만세 삼창을 부르지 않을 것이다. 이승을 떠날 때에도 나는 빨랫줄에 맺힌 이슬방울이 떨어지듯 그렇게 고요히

갈 것이다.

너나없이 삼천갑자 동방삭이처럼 오래 살지 못한다. 내 나이 벌써 월드컵을 한 번이나 볼까, 두 번이나 볼까. 나는 건강 장수를 가르치는 책을 손에 들어본 적이 없다. 이런 글을 쓴 사람은 대개 제가 먼저 요단강을 건넌다. 오래 살고 싶으면, 의사가 하라는 일은 하지 않고, 하지 말라는 일을 찾아 하면 된다.『마흔에서 아흔까지』, 이런 해괴망측한 책은 꼴도 보기 싫다. 보나마나 이따위 책의 첫 장에는 흡연자를 일러 지구를 더럽히는 사탄이라 꾸짖는다.

6·25전쟁이 나자 나는 한손에 총을 들고 다른 손으로 화랑 담배를 피웠다. 막 중학교 3학년이 되던 해였다. 사사오입을 하여 나는 일세기 동안 담배를 피웠다. 내가 가장 싫어하는 충고는 금연하라는 악담이다. 금연은 좋고 흡연은 나쁘다고 생야단이다. 그렇다면, 온 세상 사람들은 좋은 일만 하고 나쁜 일은 전혀 하지 않는가. 흡연은 그 많은 좋지 않은 일 가운데 하나일 뿐이다.

건강과 장수를 위하여 매서운 의지로 금연을 단행한 사람은 칭찬을 받는다. 건강과 장수를 포기하고 흡연을 계속하는 사람은 지탄을 받는다. 그러면, 긴 생명을 누리기 위하여 금연한 자가 위대한가, 생명을 무릅쓰고 흡연한 자가 더 위대한가. 목숨을 걸고 끽연하는 자가 훨씬 용감하고 위대하다. 내 평생에 목숨을 걸고 한 일이 하나도 없다. 만주 벌판에서 왜적과 싸운 적이 없고, 민주화 투쟁의 앞줄에 서본 적도 없다. 나는 조금 남아 있는 생명을 걸고 담배 피우는 일만이라도 해볼까 한다.

나는 아무래도 철없는 할아버지인 듯하다.

• 2005

전라 정읍 칠보 시산

 남 앞에서 잘나지도 않은 제 안사람을 치켜세우거나, 그저그런 아들을 자랑하면 손가락질을 당하는 팔불출이 된다. 제가 태어난 고향을 자랑해도 별로 환영받지 못한다. 지역 정서를 건드리기 때문이다. 자나깨나 꿈속에서도 그리는 고향 산천을 얘기하기도 조심스러운 세상이 되었다.

지나온 시절이 하수상하여, 나는 열 몇 살에 부모를 떠나 고향땅을 가슴에 묻고, 타향살이 십 여 년의 다섯 곱의 세월을 보냈다. 고향이랬자 두메산골, 뽐낼 것이라곤 쥐뿔도 없으나, 먹고살겠다고 많이도 쓴 이력서의 본적지 이름만은 천하제일의 명품이던 것이다.

전라북도全羅北道

전라라…….

전라라고 하면, 우리말을 쬐께 아는 외국사람은 죄다 벗고 사는 누드촌으로 알 법하다. 그런 게 아니다. 온 세상 비단羅을 깔아놓은 땅이다. 삼베나 모시베를 펼쳐놓은 땅이 아니라, 고운 비단이 눈부시게 널려 있는 세상이다.

세상에 이런 별천지가 있을까? 비단이 장사 왕서방 나라에도 없고, 신선이 사는 무릉도원에도 비단길이나 비단들판은 없다.

그러면, 왕서방의 나라에도 없고 무릉도원에도 없는 별천지가 전라도인가? 막상 전라도에서 비단을 보려면, 어디서나처럼 포목점에 들러야 구경할 수가 있다.

전라라는 도명은 신라시대에 지어졌다. 북도의 전주와 남도의 나주, 첫 자를 따서 전라라 하였다. 애당초 비단과 연분이 없었다. 그렇다면, 붕어빵에 붕어가 없듯이 전라도에 비단은 없는가.

전라북도에는 우리나라에서 가장 넓은 들판이 있다. 징게맹경金堤萬頃 평야이다. 한국 제일의 대평원이다. 이 넓디넓은 들판에 넘실거리는 누런 벼의 황금 물결을 비단이라 한 듯하다. 먹고살기 고단했던 민초들에게 출렁이는 벼 이삭은 비단결보다 더 아름다웠을 것이다.

정읍군井邑郡

우물井의 고을邑이라……

금수강산 조선팔도 어딜 파나 물이 나오는데, 우물이 있는 고을이라니, 별꼴이 다 있다.

솟아오르는 물이라고 다 같은 물이 아니고, 정읍 물이 온 세상에서 제일가는 물이라는 말씀이다. 정읍 땅밑에는 호남의 금강 내장산이 감췄다가 보내는지, 호미로 어딜 후적거려도 샘물이 솟는다.

이 물을 마시기만 하면, 만병통치요 자자손손 무병장수를 누린다. 정읍 사람은 인삼녹용이 따로 없고 삼시세때 먹고 마시는 물이 보약 중의 보약이다.

정읍 하면, 「정읍사」井邑詞를 빼놓을 수가 없다. 예도 옛적 우물 고을에서 살던 백제 부인네가 지은 망부가望夫歌다.

달님이여, 높이 높이 돋아샤
멀리멀리 비쳐주소서.
우리 낭군
어느 장터에 있으신가요.

오시는 길에
진 땅을 밟을까 걱정이 됩니다.

너무 늦거들랑
어디나 짐을 풀고 쉬십시오.

아! 마중 가는 제 발길이

저물까 합니다.

• 「정읍사」 의역

남정네 행상을 보낸 여인은 하루 내내 마음이 아프다. 이 시가를 지은 여인은 님을 그리다가 자지러지지 않았다. 신라 박제상의 아내처럼 기다리다 지쳐서 울다 지쳐서 망부석이 되지 않았다. 정읍의 좋은 샘물을 마셨기 때문이다.

정읍 동쪽 언덕에 「정읍사」를 기리는 공원이 있다.

칠보면七寶面

일곱 가지 보배 칠보라…….

『법화경』法華經에는 금·은·마노·유리·거거·진주·매괴를 일러 칠보라 한다. 칠보문七寶文이 있다. 다복多福·다수多壽·다남多男 등 도교적 이념의 삼다사상三多思想에 따른 길상도안의 하나다.

초등학교 때, 칠보가 무엇인지도 모르면서 고장의 명예를 걸고, 일곱 가지 보물 이름을 달달 외워서 시험 치르던 생각이 난다. 칠보에서 사는 촌사람들은 일곱 가지 보배의 이름을 알지 못하지만, 칠복을 누리면서 그냥 잘들 살고 있다.

지리산 자락이 다한 곳에 칠보산이 있어서 칠보면이라 했는

지, 칠보면이 있어서 칠보산이 생겼는지, 『동국여지승람』에도 나타나 있지 않다. 함경북도 병천군에 칠보산이 있고, 금강산 한 봉우리가 칠보산이다. 중국에도 칠보산이 있다.

조물주가 별천지에 칠보산을 앉혀놓고 함경도에 아들 칠보산, 금강산에 손자 칠보산을 만들고, 내 고향 칠보면에 증손자 칠보산을 마지막으로 두었다.

비단의 나라 전라도에 비단이 보이지 않듯이, 칠보의 고을 칠보면에 칠보가 없다. 있다면 칠보면의 수려한 산천과 거기 사는 따뜻한 인정이 칠보보다 보배롭다 하겠다.

시산리詩山里

시를 읊는 산이라…….

마을 이름이 시산이다. 서당개가 풍월한다는 말은 있어도 산이 시를 짓는다는 말은 좀체 못 들었을 것이다.

시산을 끼고 동진강東津江이 흐른다. 강가 바위 위에 정자가 자리하고 있다. 시를 짓는 뫼를 안고 흐르는 가람 동쪽 나루터라니, 얼마나 낭만적이고 환상적인가.

거기 정자에, 일찍이 정송강鄭松江 시선詩仙이 한참 쉬고 간 적이 있다.

시산의 윗녘에 가람嘉藍이 계셨고 아랫녘에 미당未堂이 계셨다. 이제 그 한복판 칠보 시산에서 위대한 시인묵객이 나타나야 할 차례다.

내 호는 보산寶山이다. 황욱 서옹黃旭 書翁이 지어주셨다. 칠보와 시산을 아우른 명명이다.

나는 칠보산의 영기를 받고 시산의 정기를 받아 태어났는데도, 지금껏 초야에 묻혀 사는 꽁생원이다. 고향산천을 찾아보기가 부끄럽다.

전라북도 정읍군 칠보면 시산리, 내 고향 이름은 온 세상에서 가장 아름다운 지명이다.

• 1995

주례 서던 날

총각귀신으로 살 줄 알았던 늙은 제자가 모처럼 나를 찾아와서 주례를 서달라기에 나는 단호하게 거절하였다.

예비 신랑 친구가 다시 찾아왔다. 결혼할 사람이 울고 있다고 하였다. 나는 큰 충격을 받고 미안하였다. 강심제를 맞고라도 내가 할 터이니, 안심하라고 일러 보냈다.

이제, 내 생애에 중차대한 역사가 시작되었다. 자나깨나 주례할 일이 머리를 짓눌렀다. 주례 말씀의 초안을 잡아서 고치기를 여러 번 하여, 걸으면서 중얼거리고 이불 속에서도 외치고 화장실에 앉아서도 읊조렸다. 바깥양반의 행태를 수상히 여겨서, 안사람이 정신병원에 데리고 갈 뻔하였다.

마침내, 결혼 날이 왔다. 목욕재계하고 예복을 손질하여 걸치고, 아침식사는 하는 둥 마는 둥, 문 밖에 지나가는 택시에 올랐다. 주례가 늦으면 큰 변이다. 하마터면, 택시기사에게 본인이 주례를 하러 가는 몸이라고 말할 뻔하였다.

식장에 도착하여 시계를 보니, 식이 시작되려면 한 시간도 더 남았다. 살아 있는 사람이 지하로 내려가 다방 구석에 앉아서, 주례사를 복습하고 묵념을 하고 있었다. 지루한 느낌이 없었다. 만반의 임전태세는 완료되었다.

아, 드디어 오분 전이다! 나는 마음을 굳게 먹고 이층에 올라 갔다. 그런데 이상한 일이었다. 어느 누구도 주례 선생님을 반기거나 바라보는 사람이 없었다.

단상 왼쪽의 의자에 앉았다. 내 얼굴에 불빛이 번쩍거렸다. 방송국에서 나왔는지 사진을 찍는 모양이었다. 심장이 뛰기 시작하였다. 아무것도 들리지 않고 눈이 가물거렸다. 식장에 손님으로 와서 뒤에서 서성거리다가, 잔치 음식이나 먹고 가는 신세가 그렇게 부러울 수가 없었다. 꼭 죽고만 싶었다.

식을 시작하는 것 같았다. 나는 걸어서 단상의 가운데에 섰다. 하객들의 얼굴이 보이지 않았다. 단 밑에서 아이들이 뛰고 뒹굴고 운동회를 하는 듯하였다. 양반집 혼사의 미풍양속은 아닌 듯하였다.

신랑·신부가 내 앞에 섰다. 신부의 용모가 황홀하여 바라볼 수가 없었다. 맞절을 할 차례였다. 주례가 신부와 신랑이 마주 서는 사이를 떼도록 해야 하는데 그럴 경황이 없었다. 신랑 신부가 고개를 숙이다가 머리를 부딪치고 말았다. 장내는 웃음판이 되었다. 박수를 치는 사람도 있었다. 이런 무례한 행위는 모두 주례를 비웃는 짓이었다.

결혼 서약과 선서와 주례사를 내가 다 해야만 되었다. 그런데 큰 일이 벌어졌다. 탁상에 놓인 서약서의 신부 이름 끝 자가 처음 보는 한자였다. 평생 국어를 가르친 선생이 신부의 이름을 결혼식장에서 바꿔놓았으니, 내 일생에 이런 실수가 또 있을 수 없었다. 시끄럽던 장내가 더 소란스러워졌다. 신부 오빠한테 혼나지 않았으니 다행이었다. 신랑·신부의 이름자는 익히지 않고 주례사에만 매달려 있었으니 어리석기 짝이 없었다.

주례사를 어떻게 했는지 기억조차 없었다. 거의 정신이 마비되었다. 무슨 말을 했는지, 하는 사람도 모르는데 듣는 사람들이 알 리가 없었다. 세상만사를 심사숙고하여 준비한다고 해서 반드시 성공하는 법이 아니었다. 요란한 박수소리가 나기에 내 말이 끝나는 줄 알았다. 물론, 내 말을 듣고 감동한 박수는 아니었다. 지겨운 식이 끝나고 점심을 먹게 되어서 치는 손뼉일 것이다.

큰일을 마쳤다. 온몸은 땀에 젖어 있었다. 누구 하나 날더러 점심을 하러 가자는 사람이 없었다. 바야흐로 배가 고팠다. 식장 건너 설렁탕집에 가서 혼자 요기를 하였다. 아직도 가슴은 고요해지지 않았다. 나는 숫돌에 이를 갈 듯이 다짐하였다. '실패는 성공의 어머니'라고.

• 1993

2

영장과 견공

"개가 사람더러 쓰라고 한 적이 없는데, 개똥도 약에 쓰려면 없다고 타박을 한다. 따라오라고 하지도 않았는데, 개를 따라가다가 측간으로 간다고 비웃는다. 주지도 않고서 개 머루 먹듯 한다고 야단이다. 개가 언제 깨끗하다고 했는가. 개똥이 무서워서 피하나 더러워서 피한다고 비꼰다. 누우라고 권한 적이 없는데, 개똥밭에 굴러도 이승이 좋다고 말한다. 어디 이뿐이랴. 사람들은 세상만사 못된 것을 말할 때마다 개를 들먹거린다." • 「견공타령」에서

정말 같은 것 같은 세상

조선왕조의 운명이 서산마루에 간댕간댕하고 있을 무렵, 우리나라에 처음 나온 『녹립신문』을 디리 앉고 는 있다. 임꺽정의 손바닥만한 네 쪽짜리 이 신문이 하루 걸러 한 번씩 발행한 사실을 아는 이는 드물다. 하물며 이 신문 셋째 쪽에 상품광고를 본 사람은 거의 없을 것이다. 요새 호화롭고 야단스러운 광고보다, 120여 년 전 『독립신문』 광고가 썩 재미가 있다. 광고 하나를 시쳇말로 손을 보아서 보이면 요러하다.

주 지 회 사
서울 정동
각색 외국 상등 물건을
파는 데 값도 비싸지 아니
하더라 각색 담배와 다른
물건이 많이 있더라

전라도 무주 구천동에 사는 한량이 어쩌다가 이 광고를 보고, 불원천리 주지회사를 찾아왔다. 둘러보니, 하등 물건뿐이고 담배는 동이 났다. 값도 턱없이 비쌌다. 촌 양반이 심히 투덜거렸다. 뀐 놈이 성내더라고, 주인장이 되레 언성을 높였다.

"여보시오! 상등 물건이 많이 있더라고 했지, 언제 많이 있다고 했소? 비싸지 아니하더라고 했지 비싸지 않다고 했소?"

딴은 틀린 말이 아니었다. 손님은 머리를 긁적거리다가 돌아갔다. 어수선한 때라, 이 사건이 『조선왕조실록』에 기록되지 않았지만 있을 법한 이야기다.

'더라' 문체는 귀에 걸든 코에 걸든 고리가 되어 옛 사람들이 글을 쓸 때마다 박아놓고 쓰던 어투였다. 더라문투는 이것인가 하면 저것인 듯하고 이런가 하면 저렇기도 하여 매우 두루뭉술한 구실을 한다. 더라의 때가름은 우주의 시간처럼 과거·현재·미래를 다 아우르고 있다. 이렇듯 아리송한 말이 언문일치 운동의 역풍을 이기지 못하고 우리 문자생활에서 자취를 감췄다. 경상도 사투리 '카더라'에 그 그림자가 남아 있고, 이따금 '카더라통신'이 있기는 하지만, 청학동 서당에서도 더라문체는 쓰지 않는다.

그렇다면 더라체 문장은 영영 사라졌는가. 어림없는 말씀이다. 종이 위에 있던 더라가 입술에 옮겨와서 다른 말의 탈을 쓰고 우리 언어생활을 지배하고 있다. 처녀귀신이 달걀귀신으로

VOL. I. **THE INDEPENDENT.** No. 100.

(明治廿九年九月十四日遞信省認可) SEOUL, KOREA, TUESDAY, NOVEMBER, 24th. 1896. $1.30 per annum

최초의 민간지 『독립신문』의 여러 제호

둔갑한 셈이다. 옛날 더라체는 없어지고 오늘날 엉뚱한 말이 생겨서 기승을 부리고 있다.

과연 그 요물이 무엇일까? TV를 켜보면 단박에 알 수가 있다. 아나운서는 상하귀천 남녀노소 할 것 없이 누구에게나 마이크를 들이댄다. 그때마다 주고받는 몇 마디를 나열해 보면 이러저러하다.

나 같은 경우는 이 꽃이 예쁜 것 같고 저 꽃도 아름다운 것 같아요.

저 같은 경우도 그런 경험 같은 것을 했던 것 같습니다.

충청도 지방 같은 곳에서는 우산 같은 것을 준비해야 할 것 같아요.

간섭 같은 것이 없을 것 같아서 원룸 같은 방이 편리할 것 같네요.

축구 같은 운동은 잔디 운동장 같은 데서 해야 좋을 것 같지요!

나라고 해도 되는데 나 같은 경우라고 한다. 경험이 있고 경험 같은 것이 있는 모양이다. 우산과 우산 같은 것은 다른가 보다. 원룸과 원룸 같은 방은 같은 방인지도 모르겠다. 축구가 있고 축구 같은 운동이 따로 있는가? 우리가 모르는 사이에 입만 열었다 하면, 같은, 같아요, 같네요, 같습니다를 섞어 쓰지 않고는 말을 할 수 없게 되었다. 같다 어투는 글을 쓸 때나 말을 할 때나 처음이고 중간이고 끝이고 나발이고 가리지 않고 마구잡이로 남용하고 있다. 같다가 없으면 한국어는 존재할 수 없다.

같다는 여러 갈래의 뜻을 지니고 있다. 똑같거나 딴것이 아닐 경우, 불확실하거나 의심이 나는 경우, 가정을 의미하거나 비슷한 경우에 같다를 쓰는데, 우리는 도나캐나 같다를 입에 달고 산다. 어떤 사람은 한 번만 같다고 하면 식성이 안 풀리는지 같은 것 같다고 한다. 같다를 연거푸 쓰고도 만족하지 못하고 정말 같은 것 같다고 한다. 같다가 있고, 같은 것 같은 것이 있고, 정말로 같은 것이 있다. 같다 열풍이 이만저만이 아니다.

말은 마음의 거울이고 사회의 반영이다. 우리가 같다 말병에 걸려 있는 까닭은 이 세상이 거짓세상이기 때문이다. 아들 같은 자식이니 어버이는 부모 같다. 제자 같은 학생이 있으니 스승 같은 선생이 있다. 위정자 같은 정상배가 판을 치니 나라가 시끄럽고 지도자 같은 지도자도 매우 드물다. 오천만 동포가 땅 같은 땅을 갈아먹고 바람 같은 바람을 마시며 하늘 같은 하늘을 이고 살고 있다. 정말로 같은 것 같은 세상이 온 것 같다.

• 2011

빨리빨리의 허와 실

조선시대, 당나귀 정鄭씨 가문에서 배출한 정수동鄭壽銅과 정만서鄭萬瑞는 지금까지 우리를 웃겨주는 정씨 문중의 이소사二笑士라 할 만하다. 익살을 부리기로 누가 형이랄 수 없으나, 성미가 급한 건달을 고른다면 아무래도 정수동을 꼽아야 하겠다.

정수동은 성깔이 조급하기로 유명하다. 그는 동네 우물가에서 숭늉을 찾다가 아낙네들한테 면박을 맞는다. 물론 찬물도 얻어먹지 못한다. 이 위인은 장가를 들어도 하필 섣달그믐에 혼례를 치르고, 다음날 설이 되자 두 해가 되었는데 애가 없다고 아내를 내쫓는다. 옛날 정소사鄭笑士가 뿌려놓은 조급하고 성급한 빨리빨리의 씨앗이 오늘의 한국에서 풍성한 수확을 거두리라고 누가 상상이나 했을까.

미국에 놀러 간 한국관광단이 낯설지 않은 중국집에 들르게 되었다. 우리 동포들은 들어서자마자 빨리빨리를 큰 소리로 고래고래 합창하였다. 중국집 장궤가 오만상을 찌푸리면서, 저놈의 빨리빨리 소리 지겨워서 미국에 도망쳐 왔는데, 한국 사람들이 여기까지 따라와서 성화를 부린다고 푸념을 하였다. 거짓말 같은 참말이다.

빨리빨리는 한국인을 가리키는 대명사가 되었다. 빠를수록 좋다는 생각은 한국인의 행동과 관념의 규범이 되었다. 빨리 생각하고 얼른 행동에 옮기고 후딱 만들고 재빠르게 끝내는 행동은 백의민족의 속성이 되었다. 모든 일을 빠르게 해치우는 데 우리나라 사람들은 이골이 났다. 느린 자 그는 한국인이 아니고 빠른 자 그는 진실로 한국인이다.

서울, 부산을 하루아침에 내닫는 고속도로를 한나절에 깔아놓고 위정자들은 기고만장하였다. 눈만 뜨면 한강에 다리가 하나씩 생겼다. 최신 공법으로 완공을 단축하였다고 자화자찬이 대단하였다. 십 년 걸려 짓고 백 년 동안 시민이 살아야 할 아파트단지를 담배 한 대 피울 참에 세워놓고 선진국에서도 놀랄 일이라고 나팔을 불었다. 우리가 놀라는데 온 세상 사람들이 놀라지 않을 수 없다. 한강의 기적이라고 찬사가 요란하고, 여러 나라 사람들이 도시락을 싸가지고 우리나라에 찾아와서 구경하고 배운다고 야단법석이었다. 빨리빨리공화국은 실로 장관이던 것이다.

한국은 빨리빨리, 후딱후딱, 싸게싸게의 요지경속이다. 총알택시라는 말은 우리나라에만 있는 단어다. 자동차 경주대회를 부러 가볼 일이 없다. 버스에 오르내리는 승객들을 보면, 꼭 3차대전이 일어난 듯하다. 건널목을 건너는 시민을 보자. 마치 갑오년 동학혁명이 일어난 듯하다. 승강기라도 타보자면, 몇 초를 못 기다리고 닫음 단추에 불이 난다. 시나브로 취하는 술이 아니다. 폭탄주 한 잔으로 끝장을 낸다.

빨리하기란 쉬운 일이 아니다. 그런데 빨리하면서 잘하기란 더욱 어렵다. 우리는 모든 일을 빨리빨리 해냈지만, 잘하지는 못하였다. 세상 만사를 빨리 잘하기란 대단히 어렵다. 잘하려면, 힘이 들고 더디고 정성이 있어야 해낼 수 있다. 조급하게 하다 보면, 앞뒤를 재볼 겨를이 없고 중요한 일을 빠뜨리고 일을 망가뜨리게 된다. 지난 세월 동안, 우리는 모든 일을 빨리해냈으나 잘하지는 않았다. 잘못해놓은 일은 빨리빨리 망가지고 무너질 수밖에 없다.

얼렁뚱땅 놓은 한강 다리 하나가 내려앉아서 온 세상을 놀라게 하였다. 쇠로 만든 다리가 부서진 것이 아니라 5천만 동포의 양심이 익사한 것이다. 어떤 다리는 놓다가, 다리가 물에 빠진 재변이 일어났다. 사람이 빠진 것이 아니고 다리가 강물에 빠진 일은 좀체로 없는 일이다. 세계에서 제일 싸게 가장 빠르게 만든 고속도로를 땜질하는 데 쏟아 부은 돈이 달나라에까지 늘어놓고도 남는다. 사람이 많이 드나드는 백화점이 주저앉아서 온 천하의 웃음거리가 되었다. 바다를 얼렁뚱땅 막아서 만든 거대한 호수는 이제 썩은 물의 악취로 천지가 진동한다. 잽싸게 세워놓은 건물은 갈라지고 내려앉고 기울어져서 생명보험에 든 사람도 살 수가 없다. 만사를 당겨서 하다가는 귀중한 생명을 당겨서 살게 된다.

우리 민족이 어쩌다가 이처럼 허둥대고 서성거리고 경거망동하는 속도지상주의자가 되었는가. 먼저 군사문화, 통금문화, 한탕주의에서 그 원인을 찾을 수 있다. 멀리는 임병란, 가까이는 6·25를 치르며 조급한 민족 정서가 형성되었다. 난리봉에 생명을 부지하려면 민첩해야 했다. 이 대명천지에 30년의 군사정치가 이 사회에 가속화 현상을 부채질했다. 게다가 오랫동안의 통행금지 제도가 우리 생활을 늘 서성거리게 만들었다. 늦장을 부리다간 파출소 신세를 져야 했다. 좋은 자리 있을 때 잽싸게 한탕해서 자손만대에 영화를 누리려는 부정부패도 번갯불에 콩 궈먹는 습관을 뿌렸다.

이제 통금제도가 없어지고 아직 난리를 피하여 도망갈 일이 없다. 백두산이 마르고 닳도록 부정부패가 남아 있을 일도 아니다. 그러나 우리의 행동은 통행금지 사이렌이 울리기 직전처럼 허둥대고만 있다. 문화국민이 되려면 문화국민의 의식이 있어야 한다. 의젓한 시민이 되려면 모든 일을 빨리, 후딱, 대충치우는 관습을 버리고, 천천히, 튼튼히, 꼼꼼히 생각하고 행동하는 습성을 생활화해야 한다. 만년대계라는 말이 괜히 있는 교훈이 아니다. 우리 민족 모두의 의식혁명이 있어야 좋은 나라를 만들 수 있다. 나라 바로 세우기보다 사람 바로 세우기가 앞서야 한다. 빨리빨리 세우기보다 천천히 튼튼하게 세우기가 우리 국민 전체의 커다란 과제라 하겠다.

• 2000

견공타령

따져보면, 사람과 원숭이는 사돈네 팔촌쯤 된다. 구경꾼이 많이 몰려 있는 동물원 울 속에는 영덕없이 원숭이 녀석들이 촐랑대고 있다. 인간을 빼닮은 원공猿公을 볼 때마다, 사람들은 연민의 정을 느끼게 된다. 원숭이가 누릴 자리를 사람이 염치없이 차지한 듯하다.

그렇다면, 사람은 마땅히 원숭이와 살아야 옳다. 그런데 사람은 원숭이와 살지 않고 개를 집 안에 들였다. 개가 하는 일을 원숭이는 해내지 못했다. 주인을 따라다니는 일, 도둑을 쫓는 일, 사냥을 하는 일을 개는 충실하게 하였다. 하마터면, 얌전한 원숭이가 부뚜막에 오를 뻔하였다. 서당 원숭이 3년에 풍월을 읊었는지도 모른다. 사람이 원숭이같이 벌어서 정승같이 산다면 개도 웃을 일이다.

만물의 영장이라는 사람높임말은 인간의 자화자칭이다. 선과 악을 잣대로 하여 모든 동물을 재보면 인간이 꼴찌를 차지할 것이다. 천상천하 유아독존이 아니라, 지구 상에 가장 몹쓸 동물이 인간이다. 인간 저희끼리도 서로 못살게 구는데, 한솥밥을 먹는다고 개를 대접할 리가 없다. 사람이 사람 노릇을 못 하니 인권이 흔들리고, 인권이 없으니 견권이 있을 리 없다. 사람이 개를 구박하고 멸시하고 그야말로 개 취급을 하였다.

개가 사람더러 쓰라고 한 적이 없는데, 개똥도 약에 쓰려면 없다고 타박을 한다. 따라오라고 하지도 않았는데, 개를 따라가다간 측간으로 간다고 비웃는다. 주지도 않고서 개 머루 먹듯 한다고 야단이다. 개가 언제 깨끗하다고 했는가. 개똥이 무서워서 피하나 더러워서 피한다고 비꼰다. 누우라고 권한 적이 없는데, 개똥밭에 굴러도 이승이 좋다고 말한다. 사람이 상관할 일이 아닌데 개가 오줌을 눌 때, 뒤의 한 다리를 어째서 드느냐고 흉을 본다.

어디 이뿐이랴. 사람들은 세상만사 못된 것을 말할 때마다 개를 들먹거린다. 사람들은 입을 열었다 하면 개를 얹어놓아야 직성이 풀린다. 제 눈에 차지 않고 입에 당기지 않으면 개꽃이요 개불알꽃이라 하고, 개살구 개똥참외라고 한다. 개하고 아무 상관이 없는 사람 일을 가지고 개새끼 같은 개망나니가 개수작을 벌이다가 개망신을 당하고, 개잠을 자다가 개꿈 속에서 개다리참봉(돈으로 벼슬을 산 자)이 되었다고 욕한다. 인간이야말로 개똥상놈이요 개불상놈이다. 갯자타령을 주워섬기다간 숨이 차서 개죽음을 할 노릇이다. 개를 모욕하는 말을 없

견자형도(犬字形圖)

애려면, 사람들은 일 년 열두 달 고운말 쓰기 운동을 해야 할 판이다.

사람을 개에 견주는 일은 인간 권위의 문제다. 견공犬公에게도 위신이 있다. 개가 개를 나무랄 때, 사람만도 못한 개라거나 사람 같은 개라고 하지 않는다. 사람들은 흔히 사람을 가리켜 개만도 못한 사람이라고 한다. 사람끼리 개 같은 놈이라고 부르고 서로 개새끼라고 상말을 쓰기도 한다.

일본 사람들이 이 나라에서 판을 치던 때였다. 친일파의 거두 김윤식金允植이 세상을 떠났다. 그 무리가 장례를 사회장으로 치러야 한다고 야단이었다. 한편 나라를 거덜낸 매국노를 그렇게 예우해서는 안 된다고 반대하는 시민의 항의도 거세게 일었다. '그자는 개 같은 놈'이라고 비난하는 사람도 있었다. 그 말을 들은 월남月南 이상재李商在 옹이 '개 같은 놈이라니, 말이 안 된다. 개는 그래도 주인을 알아보지 않느냐?'고 크게 꾸짖었다. 나라를 망친 자는 개만도 못한 자이다.

개만 못한 사람이 있다면 그것은 우스운 일이다. 개만도 못한 사람이 많이 있다면 그것은 슬픈 일이다. 세상이 온통 짐승천하가 되기 때문이다. 개가 때로는 사람보다 낫다는 말이 있다. 개는 단순한 짐승이 아니다. 개는 사람을 위하여 봉사하고 희생한다. 견공열전에 전해오는 공적이 허다하다.

무서운 호랑이를 물리치고 주인을 구한 개가 있다. 독이 든

물그릇을 입에 대려는 주인 양반을 구제한 개가 있다. 억울한 주인의 누명을 벗겨주기도 하였다. 들에 쓰러진 주인의 옷자락을 물고 집에 와서 그 죽음을 알리기도 하였다. 개가 죽은 주인의 명당자리를 잡아주기도 하고 어떤 어미 개는 아이에게 젖을 먹여서 길렀다. 문서를 전달하는 개가 있고 눈먼 사람의 길잡이가 된 개도 있다. 전라도 임실 땅에는 불길에 둘러싸인 주인을 구하고 타 죽은 개의 동상이 있다.

이와 같은 견공의 충직성은 인간의 마음을 감농시키는 일이 아닐 수 없다. 시인과 화가가 개를 노래하고 개를 이야기하고 개를 그리는 일은 매우 당연한 일이다. 붉은 옷을 걸치고 민화에 등장한 개는 수호신의 상징이다. 동서고금에 개가 등장하는 이야기는 많기도 하다. 일제 암흑기에 나라를 걱정하던 윤동주 尹東柱 시인이 개를 노래한 시는 의미심장하다.

지조 높은 개는

밤을 새워 어둠을 짖는다.

어둠을 짖는 개는

나를 쫓는 것일 게다.

• 윤동주, 「또 다른 고향」

'지조 높은 개'는 어둠의 시대에 잠자지 않고 깨어 있는 우국지사, 조국을 지키는 지식인의 의식을 상징한다. 나라를 지키는 개는 잠자는 겨레를 깨워서 태백산으로 만주로 중국으로 미국으로 내몰고 있다. 윤동주는 가고 조국은 광복되었다. 그러나 남북의 동포는 원수처럼 싸우고, 위정잡배들은 이 땅, 이 나라를 요지경으로 만들어놓았다. 일찍이 한 선사의 예언이 오늘의 세상일 줄이야!

> 비루먹은 세월,
> 두 발로 살기 힘겨워
> 네 발로 뛰지만,
> 도둑놈의 집에서
> 도둑을 지킨다.
>
> • 원광圓光, 「개」

비루먹은 세상이다. 비루는 몹쓸 병이다. 고약한 사람들과 살자니, 개의 발은 네 개가 있어야 한다. 네 발로 뛰면서 개가 하는 일은 무엇인가. 도둑의 집에서 도둑질을 하려고 들어오는 다른 도적을 지키는 아이러니다.

개만도 못한 인간은 개를 멸시할 자격이 없다. 인간이 개가 조롱하는 대상이 된다면 인간세상은 크게 잘못되었다. 개가 짖을 일이 없는 세상이 바로 인간의 유토피아다.

내 집이 깊숙하여 두견새도 낮에 운다.

만학천봉萬壑千峰에 외사립문 닫았는데,

개조차 짖을 일 없어 꽃 지는데 졸더라.

　• 작가 미상의 고시조

• 1994

위대한 한국인

우리나라 사람들에게 호주라는 나라는 있는 둥 마는 둥하는 땅이다. 어쩌다가 호주 축구선수들이 서울운동장에 나타나서, 올림픽에 나가려는 한국팀을 훼방놓고 떠나면, 우리는 그 나라를 잠깐 기억했다가 곧 잊어먹는다. 요새는 상황이 달라졌지만.

이러한 우리들의 무례함에 대하여, 호주인들이 한국인들을 혼내주려고 별렀던 모양이다. 그렇지 않고서야, 요번에 호주 상인들이 농약으로 버무린 밀가루를 산더미만큼 실어다 우리 밥상에 올려놓을 리가 없다.

그러나 이 호주인들의 농간은 별로 큰 성과를 거두지 못하였다. 그것은 호주 사람들을 비난하는 소리가 빤짝하다 사라져가서가 아니다. 또 우리나라의 항구에서 불량 수입품을 가려내는 관료들을 꾸짖는 고함소리가 없어서도 아니다. 한국인의 입과 식도와 위와 장이 원체 튼튼하고 억세기 때문에, 농약 묻은 밀가루쯤은 건강에 아무런 탈이 없기 때문이다.

우리나라 사람의 위장은 포항제철소의 용광로와 견줄 만하다. 우리네가 못 먹는 먹거리는 없다. 농약으로 기른 콩나물을 먹는다. 시멘트로 굳힌 두부, 붉은 물감을 들인 톱밥고춧가루도 잘 삭인다. 공업용으로 들여온 소뼈다귀, 사료용으로 쓰이는 물고기 대가리도 없어서 못 먹는다. 지구 상에 뛰노는 곰의 쓸개는 죄다 우리가 먹고, 해구의 신, 동남아 정글의 뱀도 잡아다 먹는다. 한국사람은 안 먹고 못 먹는 것이 없다.

먹는 일은 여기서 그치지 않는다. 먹는 데 이골이 나서 별의별 것을 다 먹는다. 욕을 얻어먹고 눈칫밥도 먹고 귀도 먹고 담배연기도 먹고 나이도 먹는다. 사람이 아닌 대패도 잘 먹고 빨래는 풀을 먹는다. 돈을 따먹고 뇌물을 삼키고 군수도 살아 먹고 국회의원도 해먹는다. 어떤 권투선수는 챔피언도 먹어버린다.

한국인은 못 먹는 것이 하나도 없다. 우리 겨레의 할머니가 누구신가. 마을을 가마니로 풀어놓고 잡수신 곰할머니다. 우리네의 먹성은 장구한 전통을 지니고 있다. 백년하청, 탐관오리들이 백성을 등쳐먹지 않고 석 달 열흘만 맑은 정치를 한다면, 대한민국은 그날로 세계 일등국가가 될 것이다.

그러나 한가닥 염려스러운 마음이 고개를 든다. 온 세상의 오염 식품이 이 나라에 온통 모여들고 있어서 두려운 것이 아니다. 만일에 천지가 개벽하여, 오염이나 공해가 없는 세상이 되면 우리가 과연 탈없이 먹고 살 수 있느냐 하는 두려움이다.

먹을 수 없는 식품으로 길들여진 우리 몸에 깨끗한 먹거리가 들어올 때, 우리 밥통이 그것을 잘 소화해낼 수 있겠는가? 한 번도 맛보지 않은 무공해 식품을 먹고 우리들의 몸이 뒤틀리지 않을까 걱정이 된다. 거부반응이 대단할 것이다.

그러나 아직은 위가 대한 한국인이다.

• 1983

뼈를 깎는 사람들

초랑이 담배 먹던 때는 아니고, 그저 옛날 옛적에 한 할아버지가 참외밭을 가꾸고 살았다. 밭 가운데 원두막이 있고 거기에 됫박 하나가 놓여 있었다. 그 되의 키는 다른 되보다 조금 높았다. 마을 사람들은 쌀이나 보리를 가지고 와서 과일과 바꿔다 먹었다.

하루는, 별안간 하늘에 먹구름이 몰려오더니, 억수비가 쏟아지고 천둥소리 요란하여 원두막에 벼락이 떨어질 듯하였다. 참외밭 주인이 큰 되를 써서 동네 사람들을 속인 잘못을 하늘이 아는 듯하였다. 노인장은 칼을 세워서 됫박을 깎아내리기 시작하였다. 이것이 되 깎는 노인 이야기다.

요즘 사람들은 되를 거의 쓰지 않기 때문에 무슨 잘못을 저지르고서, 됫박을 깎는다고 하지 않고 뼈를 깎는다고 말한다. 몇 양반들이 팔을 걷어붙이고 나라 땅을 얼렁뚱땅 나눠먹다 들통이 나서 산천초목이 떠들썩해진다. 윗분의 눈치를 살피다가 안 되겠으면, 고개를 내밀고 뼈를 도려내는 반성을 한다고

너나 없이 숨이 넘어가게
웃어쌓는데 忠淸道
아주매 하나이
또 부처처럼 있는지라.
어찌하여
웃지 않느냐고
물었더니,
"집에 가서
이따가 웃지유." 라고
하였다. 이 女人이야
말로 온 世上에 첫째
가는 유머러스트라
할 만하당 張林寶山 書

희비(喜悲) 동자상

성명서를 발표한다. 대통령도 뼈를 깎는다고 나서기도 한다.

국민을 위하여 몸을 바치겠다는 선량이 만만한 사장님을 찾아가서 손을 내밀다가 그 손에 쇠고랑을 차게 되면, 역시 우러러볼 만한 최고책임자가 어금니에 힘을 주면서 뼈를 바수는 참회를 해야 한다고 뉘우친다. 이렇게 뼈를 깎고 도려내고 바수다가는 높은 양반들 골격이 남아나지 않겠다.

그런데 거리에 나가보면, 뼈를 깎고 붕대를 동여맨 사람이 보이지 않고 뼈를 도려내고 절룩거리는 사람도 없다. 골다공증 환자도 보이지 않는다. 대낮에 등불을 켜고 찾아보아도 뉘우치고 회개한 사람은 찾을 길이 없다. 이제 뼈를 깎는다는 섬뜩한 말은 쓰지 말아야겠다. 누가 뼈를 들먹인다고 놀랄 사람이 없고 믿어줄 사람도 없으니 말이다. 오늘은 뼈를 깎고 내일은 뼈를 살찌우는 뻔뻔한 위정자들을 보아야 하는 국민의 뼈가 오히려 오그라진다.

백성이 통탄할 일은 끝이 없다. 요사이 신문을 보거나 방송을 들어보자. 겨레와 나라 앞에 대역죄를 지은 벼슬아치들이 말로라도 뉘우치는 기색마저 사라졌다. 하나같이 꿀 먹은 벙어리가 되고 동곳을 빼지 않고 시치미를 뗀다. 국민은 거짓말로라도 깎는다는 말이 듣고 싶다.

며칠 전 이오카를 눕힌 유명우 선수의 목멘 소리가 눈물겨웠다.

"뼈를 깎는 연습을 하였습니다."

유 선수는 거짓말쟁이들에게 뼈를 깎는 교훈을 바르게 가르쳐주었다. 사천만 동포 가운데, 정말 뼈를 깎는 사람은 오직 유 선수 하나뿐이다.

• 1993

갈시판 도지사와 나재민 의원

이름난 대학이라고 하여 들어와 보니, 내가 나온 고등학교보다 작고, 공을 차고 뛰어다닐 만한 마당이 없었다. 대운동장은커녕 소운동장도 없었다. 미군부대 막사와 트럭이 거기를 죄 차지하고 있었다.

나는 이런 대학에 다녔다. 전란의 잿더미가 아직도 식지 않은 때였다. 여러 친구는 저 세상에 가고, 나는 이 세상에 남아서 대학생이 되었으니, 분에 넘치고 고마울 따름이었다. 더욱 감격한 일은 그 스산한 상아탑에서 한 스승과의 만남이었다. 그분은 위대한 한글학자 외솔 최현배崔鉉培 선생, 선생의 학문에 대한 열정과 올곧은 자태는 모든 제자에게 깊은 감명을 주었다.

외솔하면, 세종대왕이 떠오르고 주시경周時經 선생이 떠오르고 한글이 떠오른다. 어떤 일에 인생을 건다고 한다. 선생은 오직 한글 연구, 한글 보급, 한글책 짓기, 한글만 쓰기 운동을 위하여 몸과 마음을 바쳤다. 일제하에서, 조선어학회사건으로 철창에 갇혀 목숨이 위태로운 때에도 한글을 연구하고 책을 지었다. 선생이 있어서 오늘 우리나라가 한글천하가 되었다.

외솔 선생의 수제자는 아니지만, 나도 국문전용주의자가 되었다. 전화戰禍를 치르면서 담배씨만한 주체의식이 싹텄다. 세계의 문자 가운데 빼어난 한글을 두고 남의 한자를 빌려 써서는 안 될 일이었다. 한국과 일본을 빼고는, 어느 나라도 두 나라 글자를 섞어 쓰는 나라는 없다. 한자는 배우기 어렵고 가짓수도 하늘의 별보다 많아서, 정작 중국에서도 한자를 버리고 서양문자를 쓰자고 하였고, 일본에서도 영어나 불어를 일본어로 삼자고 하기도 하였다.

어설픈 사람이 처음 먹은 마음을 오래 간직하기는 어렵다. 외솔 선생은 고고한 낙락장송이라면, 이 못난 제자는 멋대로 피고 지는 들꽃이었다. 요새 와서, 나는 일편단심 한글전용에 대하여 회의를 느끼게 되었다. 나이가 들면서 옛것이 새로워서가 아니고, 서예술의 아름다움에 혼을 빼앗겨서가 아니다. 한국이 한자를 쓰는 대륙과 섬나라 사이에 자리하고 있어서도 아니다. 오랫동안 교단에서 터득한 산 경험으로 보아서, 온 국민이 모두 한자를 공부하고 일상생활에서 한자를 써야 할 까닭이 있다.

말하자면, 내 제자 중에 '신중'이라는 학생이 있었다. 출석을 부를 때마다 강의실은 아수라장이 되었다. 그 녀석이 임씨였다. '임신중'은 졸업할 때가 되어도 임신중이고 출산할 수가 없었다. 남자가 애를 낳으면 기네스북에 오를 것이다. 학생의 부모가 아들의 성과 이름을 이어서 부를 때 발생하는 사건을 미처 예상하지 못했거나, 아니면 이름이 한글로만 쓰일 때 어떤 소동이 벌어질지 몰랐다. 부모의 잘못으로 귀한 아드님이 평생 웃음거리가 되었다.

설마 하면서 학생들에게 '사육신死六臣은 몇 사람이냐?'고 농담을 걸어본 적이 있다. 서로 다투어 손을 드는데 실로 가관이었다. 다섯이다, 넷이다, 열이라고 하기도 하였다. 용케도 여섯이라는 학생은 없었다. 영월 땅으로 쫓겨난 단종을 왕으로 모시려는 비밀이 들통나서 죽음死을 당한 여섯六 신하臣를 '死六臣'이라 한다고 일러주지 않은 나 같은 선생의 잘못이 크다.

낱말을 잘못 익혀놓으니, 남녀노소 상하귀천을 가릴 것 없이 별의별 일이 벌어진다. 도백道伯이라면 한 지방의 수령이다. 작은 대통령이다. 어떤 도지사가 새로 부임하여 직원들을 모아놓고 일장 훈시를 하게 되었다. 지사님이 장황한 말을 늘어놓고도 성이 안 가져서, "자세한 말씀은 현관에 있는 갈시판을 보시기 바랍니다"라고 한마디를 덧붙였다. 장내는 웃음바다가 되었다. 이때부터 신관 사또는 갈시판 도지사가 되었다. 이 사또는 '게'揭자를 '갈'竭로 알고 있다가 큰 망신을 당하였다. 누가 구조조정 당할 위험을 무릅쓰고 상전上典에게 이실직고하지 않았으면, 그 도지사는 지금도 게시판을 '갈시판'이라고 우기고 다닐 게다.

국회의원 나리들이 밤낮을 가리지 않고 멸사봉공한다고 해서만 국민의 찬사를 받지는 않는다. 더러는 소도 웃을 일을 자행하여 만백성의 존경을 더 받는다. 지난 해든가, 물난리가 나서 의원님네들이 수해대책인가 무언가를 세운답시고 긴급회의를 하게 되었다. 한 의원이 점잖게, "우선 나재민 숫자를 정확하게 파악해야 하겠습니다"고 입을 떼었다. 이재민罹災民을 구제하기도 어려운 데 있지도 않은 나재민을 도와야 한다니, 장내에 모든 사람은 기가 막혀서 웃을 수도 울 수도 없었다. 하늘 아래 이재민을 모르는 국회의원이 이 나라에 있다.

한맹漢盲은 문맹文盲이다. 몰라서 그렇지, 한자를 몰라서 우리의 느낌이나 생각이 얼마나 흐리멍덩해졌는지 모를 지경에 이르렀다. 이름 하나 제대로 짓지 못하는 부모의 자녀가 사육신의 충정을 알 리 없다. 갈시판 도지사가 도민의 수령 노릇을 제대로 할 리 없다. 나재민 국회의원은 국민은 관두고 제 자신도 구제하지 못할 것이다.

말은 얼이다. 바른 언어생활에서 바른 정신생활이 가능하다. 말이 바르지 못하면 얼이 흐트러진다. 한자에 대한 바른 지식은 언어를 올바르게 하고 우리 정신을 바로잡는 힘이 된다. 돌아가신 남광우南廣祐 선생은 한자부활을 주장하는 탄원서를 국무총리에게 보내고 운명하였다. 미수米壽를 바라보는 이응백李

應百 선생의 농담은 진담이다. "내가 이렇게 오래 사는 것은, 하느님이 한자를 살려놓고 오라고 그러시는 모양이야" 다 같이 귀 기울여 듣고 눈여겨볼 일이다.

• 2000

크고 봐야 하는 병통

 '크고 작은 것은 대봐야 안다'고 하였다. 요샌 좀체로 들을 수 없는 말이다. 대보고 재보고 자실 것 없이 아무것이나 단박에 알아낼 수 있는 세상이 되었기 때문이다. 큰 것보다 작은 것이 좋다고 여기는 사람은 거의 없다. 코흘리개 아이도 '할머니 떡도 커야 사먹는다'고 한다.

우리 동네에 약국이 새로 들어섰다. 그 이름도 거창한 대서양약국이다. 약국 주인은 냅다 태평양약국이라 하고 싶었으나, 길 건너에 태평양약국이 이미 진을 치고 있어서 할 수 없은 듯하다. 비록 대서양약국이지만 재보나 마나 지도책과는 달리 대서양이 태평양보다 크다. 이 약국의 한쪽에서 끝까지 가려고 다리품을 팔다간 가래톳이 서기 십상이다. 뻘건 바탕에 흰 글자를 입힌 간판 또한 크기에 있어서는 이 나라에 둘이 없고, 동양 천하에도 없는 세계 최대 간판이 아닌가 한다. 글씨 한 자의 크기는 티코만하다. 내 평생 일주한 오대양 육대륙 어디서도 이렇게 큰 간판은 보기를 처음이다.

어디 우리 동네 거리의 간판뿐이랴. 방방곡곡 어느 도시, 어느 건물을 보아도 건물마다 간판으로 옷을 해 입고 도시는 온통 간판으로 싸발라놓았다. 형형색색 그 크기며 글씨며 색깔을 볼작시면, 우리가 문화와 예술을 입에 올리기가 부끄럽다. 팔도강산 어느 도시에나 있는 간판이 있다. '고추장에 빠진 돼지'다. 유치한 간판은 애교라도 있으나, 동방예의지국의 간판은 악착스럽고 끔찍하고 참혹하다. 사람 사는 거리가 얼마나 추악해질 수 있는가를 거리의 간판이 보여준다.

해가 지고 밤이 오면 간판의 광란은 극치를 이룬다. 이 간판들이 '저마다의 소질을 발휘하여' 오색 영롱한 불야성을 연출하고, 그 도깨비 불놀이판 상공에는 헤아릴 수 없이 많은, 높고 큰 십자가가 빛을 뿜어내는데 실로 별유천지 비인간이 따로 없다. 간판이야말로 더 크게 더 밝게 더 높게 더 짙게 목청 큰놈이 장땡이다. 이 나라는 아파트공화국이며 대간판공화국이다.

작은 초가에서 살고 작은 땅에서 올망졸망 살던 우리가 하루 아침에 큰 것이 아니면 못 사는 크기 신봉민족이 되었다. 크지 않으면 성이 차지 않고 한국적이 아니다. 요즘 처녀 눈높이에 꼬마 신랑 후보자는 영 인기가 없다. 저번 대통령 선거 때, 어떤 후보는 그 나이에 굽 높은 구두를 신고 다녔다. 키 작은 대통령은 미녀는 물론 오천만 동포의 환영을 받지 못한다. 키 크고 실없다는 말도 옛말이 되었다. 작은 것은 한국적이 아니다.

설렁탕 집에서 밥을 먹어도, 보통 설렁탕을 드는 손님은 곰빼기를 먹는 손님의 눈치를 본다. 생선집 벽에 붙여놓은 가격표에도 '大·中·小'가 있다. 대를 시켜야 아가씨의 말씨가 상냥해진다. 열 평 아파트에 사는 사람은 집 이야기를 꺼내지 못한다. 한 80평 아파트에 살아야 사는 것처럼 산다고 할 수 있다. 달구지 자가용을 끌고 가면 호텔 문지기도 소 닭 보듯 한다. 집채만한 차를 몰고 다니면 천상천하 유아독존이다. 그래놓으니, 작은 집에 살고 조그만 차를 끌고 다니는 난쟁이 사촌이 제아무리 작은 고추가 맵다거나 작은 것이 아름답다고 해보았자 웃음거리가 될 뿐이다. 대한민국 초대대통령 이승만 박사서껀 세계를 정복한 나폴레옹 장군도 도토리만 하다고 해봤자 마이동풍이다. 형부의 코가 커서 언니만 좋은 게 아니다. 무엇이든 크고 보아야 만사형통이다.

한국인이 치료받아야 할 병이 한두 가지가 아니다. 오천만 동포가 걸린 줄도 모르는 병, 고치기도 어려운 고질이 큰것지상주의병이다. 이 병은 우리의 생활·문화·사상에 자리하고 있다. 순한 막걸리를 들면서 대포를 들이킨다고 한다. 기껏해야 협소한 뒷간에 가면서 대변을 보러 간다고 한다. 싸리로 만든 문보고도 대문이라 한다. 산간 벽촌 12명의 전교생이 벌인 운동회도 어디까지나 대운동회. 중학교보다 작은 학교인데도 대학교라고 한다. 정권이 바뀔 때마다 대대적인 사정을 단행한다고 엄포를 놓고, 서일필 잡아다 잠깐 가뒀다가 풀어준다. 우리나라와 견줄 수 없을 만큼 큰 중국이나 인도나 미국에서는 대중국, 대인도, 대미국이라고 하지 않는다. 비록 두 동강 난 나라지만 우리의 국호는 대한민국이다. 그렇다고 소한민국으로 바꾸자는 말은 아니다. 내친김에 대통령도 소통령이라 하자는 말이 아니다. 대한민국의 대한민족이니 병이 들어도 대병이 들 수밖에 없다.

소도小盜는 팔자가 사나워지고 대도大盜라야 영웅호걸이 된다. 받아도 금송아지 뇌물이어야 걸려들지 않고, 밀수를 해도 화물선 다섯 척쯤 돼야 체면이 선다. 꿀꺽해도 나라 경제가 기울 만큼 거덜을 내야 한다. 지어도 큰 저택이어야 하고 무너져도 큰 백화점이고 내려앉아도 큰 다리여야 한다.

큰 병의 앙화殃禍가 끝이 없다. 우리는 황소의 큰 배처럼 제 뱃가죽을 부풀리고 있는 개구리를 닮아가고 있다. 무엇이나 커야 한다는 허황된 마음을 버리지 않으면 이 사회, 이 나라는 오래도록 비문화의 시궁창에서 헤어나지 못할 것이다.

며칠 전, 나는 집 앞에 있는 대서양약국에서 두 알의 소화제를 사고, 길 건너 태평양약국에서 쌀톨만한 회충약 한 알을 구입해 호주머니에 넣고, 몇 발짝 거리에 있는 우동집에서 요기를 했다. 가끔 이 집에 들르는 까닭은 우동이 별미일 뿐 아니라,

일하는 여인들이 언제나 웃음을 띠고 있기도 하지만, 이 집 간판이 너무나 아름다워서다. 이 우동집 간판은 태평양보다 크지 않고 대서양보다 작지만, 주묵색 바탕에 '龍'자가 고아하고 '용우동' 석 자는 신라 때의 명필 김생金生 서선書仙이 환생하여 쓴 듯하다. 고암古巖 정병례鄭昺例 서백의 서예다. 대서양약국 간판이 세계에서 제일 커다랗고, 용우동 간판은 작지만 동양에서 제일 아담하다.

• 2000

'서'횡설 '예'수설書橫說 藝豎說

바둑계의 명인 이창호 9단하고 이세돌 9단이 자웅을 겨루고 있었다. 돌 하나를 그르치면 우주가 흔들리는 판국이었다. 옆에서 구경하던 10급짜리 애송이가 방정맞게 훈수를 하였다. 판국은 웃음판이 되었다. 이것이 비록 우스갯소리라 하더라도, 여기서 우리는 몇 가지 의문을 품게 된다. 하수는 고수를 훈수할 수 없는가. 고수는 하수의 훈수를 시답잖게 여기는가. 하수의 훈수가 승패를 갈라놓기는 어려울 것이다.

일평생 한 번도 붓을 잡아보지 않은 분은 없다. 붓글씨 쓰기는 모든 한국인의 최초의 예술창조행위다. 나는 초등학교 시절, 습자시간에 붓글씨를 써보았다. 중학생이 되어서는 미술부에 들어가려다가 그만두었다. 애들이 장난삼아 낙서하듯이 끼적거려보았지만, 나는 정식으로 붓을 잡아본 일이 없다. 나로 말하자면 땀 한 방울 흘리지 않고 남의 작품을 염치없이 좋아하고 즐기는 무례한이다. 근묵자흑近墨者黑인가. 극구 사양해야 할 글을 쓰자니, 10급짜리 하수 망팔십노인望八十老人이 훈수를 하는 심정이다. 내가 무슨 말을 하든 서화에 대한 아마추어의 횡설수설橫說竪說이라 하겠다.

엉뚱하게 서양음악의 정수精髓라고 하는 교향악 얘기를 해볼까 한다. 심포니 오케스트라는 말 그대로 모든 악기가 총동원되어 인간의 격렬한 감정과 섬세한 서정세계를 창출한다. 수백 명의 합창단이 가세할 때도 있다. 지휘자는 로마 황제처럼 추앙받는다.

교향악의 본산인 서양에서도 이렇게 장엄한 교향악을 빈정대는 유머가 있다. 연주홀에 앉아 있는 청중은 백발노인들뿐이다. 1악장이 시작하기도 전에 청중의 열의 셋은 졸기 시작하고, 2악장이 끝나기도 전에 열의 여섯은 깊은 잠에 빠진다. 4악장까지 듣는 청중은 열의 하나뿐이다. 그 한 청중은 불면증 환자다.

교향악은 약효가 탁월한 자장가라 하겠다. 나는 이런 익살을 들으면서 한국의 서단을 뒤돌아볼 때가 있다. 음악 소리가 수면제라면 그 예술행위는 청중의 진정한 박수소리를 들을 수 없다.

한국 서단은 추사秋史이래 놀라운 황금기를 맞고 있다. 서예인의 수가 수만을 헤아리고 너더댓 종류의 서예전문 월간지가 발행되고 있다. 경향 각지에서 전시회가 열리지 않는 날이 없다. 대학에 서예학과도 있다. 전시 공간도 넓어졌다. 우리는 수백 평의 전시장에 들어서면 놀라움을 금치 못한다. 벽 가득히 수백 점의 작품이 걸려 있다. 전서가 있고 예서, 해서, 행서, 초서체 서품이 다양하다. 관람자들은 다시 한 번 놀란다. 이 전시회를 열기 위하여 작가는 평생을 서도書道 일념 용맹정진 하였다. 대작들은 새로 짓는 대형빌딩 1층 로비를 장식해야 제격이고. 소품들은 아파트공화국의 거실이나 안방에 걸어놓으면 대한민국이 일등 문화국가가 된다. 전시회가 끝날 무렵, 다시 한 번 전시회를 찾아간 관람객은 마지막으로 크게 놀란다. 작품이 한 점도 팔리지 않았다. 청중이 심포니를 들으며 잠을 자는 것처럼, 전시회를 찾은 수많은 관람객은 모두 까막눈인가.

지금이 어떤 세상인가. 자본주 천하다. 좋은 물건을 만들어서 불티나게 파는 상행위가 자본주의 경제논리다. 구매자가 외면하는 상품은 하루도 버티지 못한다. 짝퉁이라도 팔아야 살아남을 수 있는 천민자본주의시대다. 예술작품도 하나의 상품이다. 회화든 조각이든 서예든 일반대중의 취향에 영합하지 못하면 생존할 수 없다. 시대조류는 달음질을 치는데 예술작품이 거북이걸음을 하고 있다면 그 작품은 바로 골동품이 된다.

포스트 모더니즘의 예술 풍조가 세계를 휩쓴 지 오래다. 서단이라고 해서 무풍지대에서 안거해서는 안 된다. 과감한 예술창조활동과 다양한 예술작품이 환영받는 세상이다. 법고창신法古

創新이라 한다. 우선되어야 할 창신은 서예술의 대중화다. 전문가만이 독점하고 향유하는 예술은 영원히 존속할 수가 없다.

　서예는 문자예술이다. 그 문자는 수천 년 고색창연한 한자예술이 주류를 형성하고 있다. 한자를 매질媒質로 하여 예술의 극치를 추구하는 창조활동이 서예다. 한자의 심오한 사상과 찬연한 미감이 하나가 된 서예는 모든 예술의 원조元祖다. 그런데 서예를 감상하려면 그 미를 보기 전에 한자의 의미를 알아야 한다. 한문에 대한 소양이 없으면 서예미를 완상할 수가 없다. 그렇다고 사서삼경을 읽은 사람만 전시회에 초대할 수도 없다. 서예가 일반대중과 친숙해지려면 무엇보다도 한자가 우리 생활과 밀착되어 있어야 한다. 유감스럽게도 한자는 우리 일상생활에서 멀다. 중국인이나 일본인은 평생동안 매일같이 한자와 더불어 살고 있다. 우리나라는 어떤가. 신문, 잡지, 교과서, 공문서, 거리의 간판이 거의 다 한글이다. 벌써 수십 년간 한글세상이 판을 치고 있으니 전시장에 갇혀 있는 서예술은 일반 대중의 시야와 관심으로부터 멀어질 수밖에 없다. 오늘날 한자서예가 건재하고 있다는 것은 그 예술미의 위대한 힘이다.

　심포니 오케스트라는 고답적이고 귀족적이고 선별적이다. 그 소리는 복잡하고 난해하고 잠이 오게 한다. 여기 반기를 든 심포니가 팝스 오케스트라다. 여기서는 클래식을 연주하고 랩이 있고 대중가요까지 부른다. 잠자는 관중이 없고 청중은 손뼉을 치며 환호한다. 우리 서단에도 심포니 서예가 있고 팝스 오케스트라 서예가 있다. 수천년 전승되어온 정통서예는 권좌에 모셔놓고, 먹을 갈고 붓을 저으며 팝스 오케스트라를 연주하는 팝스 서예가 있다. 진작에 한국 서단에는 이미 다양한 서예창작활동이 전개되었다. 매우 다행스러운 현상이다. 과거의 틀에 박힌 서도에서 탈출하여 자유분방한 서법을 창출하여 이 시대, 오늘의 예술대중들이 환영을 받는다면 한국 서예의 영역이 더 깊어지고 넓어질 것이다.

한국의 서예가 일반 대중과 더 가까워져서 한국인의 생활예술이 되어야 한다. 우선 한글 서예는 초등학생도 알아본다. 그러나 한글이 한자와 같은 미적 감성을 표현하기는 매우 어렵다. 「마태복음」 전문을 궁체로 쓴 12폭 병풍은 감동을 주지 않고 숨을 막히게 한다. 이 한글 천하에서 차원 높은 한글의 서체미를 탐구 천착하는 서예인이 있다는 사실은 매우 고무적이다. 어떤 작가는 한글로 그림을 그리기도 한다. 오방색을 붓에 묻혀 그리는 글씨그림은 한 폭의 추상화다. 본래 한글의 자모는 발성기관의 모양을 본뜨고 한자도 표의문자이기 전에 본래 상형문자였다.

문외한이 한자 서예의 심오하고 광활한 서예미를 논의할 능력이 없다. 감히 말한다면 한글 서예뿐 아니라 한자 서예에서도 글씨를 회화하는 경향이 점차 나타나고 있다 하겠다. 거북이 같은 거북 龜자나 산 같은 뫼 山자를 쓰는 경지를 벗어나 한자가 도형화되고 추상화되어 점차 그림의 형식미를 표출하는 한자 서예가 시도되고 있다. 한자로 그리는 그림과 한글로 그린 그림은 다 같이 글씨그림이다. 글씨그림은 글자의 근원을 재발견하고 새로운 문자미를 탐색하는 창작행위다. 글씨그림은 서단의 신경향이다. 장차 글씨그림은 서예의 새로운 영토를 개척하여 친숙한 대중예술이 될 수 있겠다.

대접을 받아야 할 예술이 대접을 받지 못하는 예술이 서예술이다. 서예술은 회화예술, 조각예술, 사진예술보다 윗자리를 차지해야 옳다. 유도장에만 '精神一到 何事不成'이 걸려 있어서야 하겠는가. 집집의 거실마다 서예액자가 걸려 있어야 하고 사무실마다 서예족자가 내려뜨려져 있어야 한다. 국회의사당에도 청와대에도 대작이 자리를 잡아야 한다. 서단 전체의 노력과 분발이 있어야만 서예술을 전 국민의 생활예술로 승화시킬 수 있겠다.

• 2011

육당과 우리 잡지

『임꺽정』을 쓴 벽초碧初,『무정』을 지은 춘원春園,『소년』잡지를 낸 육당六堂을 조선조 말에 나타난 세 재사才士라 한다. 지능검사를 못 하던 때라, 셋 가운데 누가 일등 천재인지 가릴 수는 없으나 남긴 글의 부피로 따진다면, 육당 선생이 으뜸이라 하겠다. 열다섯 권의『육당 최남선전집』은 실로 방대한 저작물이다. 보통 사람은 그걸 베끼는 데도 한평생이 걸릴 것이다.

육당은 국운이 기울던 무렵, 서울 중인계층의 집에서 태어났다. 열 살이 되기 전에『천로역정』을 탐독하고 열두 살 때 벌써 『황성신문』에「대한흥국책」을 써서 투고하였다. 이 논설은 어린이가 조국을 힘센 나라로 만들 방책을 내놓은 글이었다. 어린이가 나라 걱정을 하게 된 세상이었다. 육당의 나이 열다섯에 황실유학생으로 일본에 건너가 중학생 노릇을 두어 달 하고 귀국하였다. 천하 신동이 뭘 배우겠다고 2년 후 다시 도일하여 와세다대학에서 공부하다가 모의국회사건으로 대학총장과 저 유명한 담판을 벌이고 학업을 포기하게 되었다.

육당은 섬나라에서 빈손으로 돌아오지 않았다. 책을 만드는 데 필요한 헌 인쇄기계를 들고 서울에 와서, 자기 집에 '신문관'을 설치하고 다음해 1908년 11월에 한국 최초의 잡지 『소년』少年을 창간하였다. 18세 소년이 소년잡지를 낸 셈이다. 애초에 『소년』의 모든 기사는 육당 혼자 도맡아 썼다. 잡지의 인쇄·교정은 물론 판매까지 손수 담당하였다. 육당이 잡지를 보따리에 싸서 여러 서점에 팔러 다녔다. '최보따리'라는 유행어가 장안에 퍼졌다. 얼마 후에 벽초와 춘원이 육당을 거들어주게 되었다.

『소년』의 겉장을 보면 격세지감을 금할 수 없다. 표지 제호 양편에 네모를 만들고 그 속에 독자에게 부탁하는 글을 올려놓았다. 현대어로 고쳐보면 "나는 재주도 없고 배움도 없다. 그러나 성의로써 이 잡지를 만들었으니, 제군은 이 잡지를 중시하고 애독할 것은 없으되 성의로써 대하라"고 자못 다그치고 있다. 요새 요란하게 분장을 해서 내고 있는 잡지 표지에 이런 무례한 글이 실려 있다면 그 잡지는 그 달로 책방에서 쫓겨날 것이다. 그 시대에는 독자를 훈계하는 당돌한 잡지도 날개 돋친 듯 팔려나갔다. 돈 벌려고 내는 책이 아니라 민족 계몽이 목적이었기 때문이다.

최보따리 소년이 잡지를 낸 지 거의 일세기가 되었다. 백 년

『소년』지와 최남선 캐리커처(『동광』 1932년 1월호)

의 한국사는 파란만장하였다. 잡지 100년의 역정도 가시밭길이었다. 식민지하에서 잡지를 발행하는 일은 민족운동이며 독립운동이었다. 일제는 가혹한 검열, 걸핏하면 판매금지, 거슬리면 아예 출판사 등록을 취소해버렸다. 천도교에서 간행한『개벽』은 창간호를 몽땅 관헌에게 압수당하고 말았다. 일본경찰의 총칼을 피하기 위하여『백조』는 미국인 선교사 아펜젤러를 발행인으로 내세우기도 하였다.

『소년』은 나라 망한 다음해, 왜경 등쌀에 스물일곱 권을 마지막으로 내고 자취를 감추고 말았다. 일제하에서만 잡지의 정간, 폐간이 있은 것은 아니다. 광복 후, 군사 독재시대에 폐간된 잡지가 많았고 기자들이 줄줄이 남산에 끌려가서 고초를 당하였다. 우리는 잡지 하나를 순탄하게 내고 편안한 마음으로 읽을 수 있는 세상에서 사는 행복을 누리지 못했다고 하겠다. 한국 잡지가 걸어온 역경의 역사는 한민족 수난의 역사였다.

『소년』탄생 이래 100년, 오늘의 한국 잡지는 가히 그 전성시대를 누리고 있다. 한국 잡지의 수는 4,000여 종, 유가지는 1,500가지쯤 되었다. 우리는 단군 이래 초유의 잡지 홍수시대에 살고 있다. 오늘의 잡지는 몇 권의 얄팍한 잡지를 보퉁이에 싸들고 책방을 찾아다니던 육당 시대의 잡지가 아니다. 이제 온갖 잡지의 모양새나 글의 내용이 국민을 즐겁게 하고 교양을 넓히고 바른 의식을 불러일으키는 무거운 짐을 떠안게 되었다.

광복 이전의 잡지가 민족정신을 고취했다면, 오늘의 잡지는 교양인으로서 문화인으로서 세계인으로서 한국인을 양성하는 데 커다란 역할을 수행해야 하겠다.

그런데 요즘 우리 잡지는 제호를 너도 나도 외국어로 쓰고 있다. 책방에 널려 있는 잡지를 보면 마치 파리나 뉴욕의 서점에 있는 착각을 느낀다. 꼬부랑 글씨를 몇 가지만 보이면, 퀸·엘르·쉬즈·앙팡·칼라·메종·케스팅·홈 앤드 랜드·베스트베이비·앗앙·스타일·에딩 인 데고·에꼴·키기 능 다 틀다간 숨이 넘어갈 지경이다.

언어는 정신을 지배한다. 외국어 이름 일색의 잡지는 우리의 얼을 병들게 한다. 무엇이나 외국어로 도배하는 짓이 진정한 세계화로 알아서는 안 된다. 국적 불명한 한국 잡지의 병폐는 서양사람이 못 되어 한이 맺힌 일본 사람의 못된 풍조를 그대로 모방한 때문이다. 육당이 환생하여 책방에 나타난다면 기절초풍할 것이다. 『소년』에 이어 육당은 『새별』, 『아이들보이』, 『청춘』 등의 잡지를 냈다. 그 제호에서 치즈냄새도 버터냄새도 나지 않는다.

'겉볼안 안볼안'이라고 한다. 겉이 좋아야 속도 좋다는 말이다. 좋은 잡지는 잡지의 얼굴인 표지 제호의 글씨체부터 품격이 있어야 한다. 우리 잡지의 제호에도 양풍이 불어서 그 서체가 거의 다 서양식 글씨체로 되어 있다. 몇 가지 잡지와 네댓 가지 서예지만이 서예 작품으로 제호를 삼고 있을 뿐이다. 김기승金基昇이 쓴 『主婦生活』은 명필이었다. 유명한 여성지인데, 신여성들이 한자 문맹이 되어서 제호를 긴 고딕체로 바꿔 『주부생활』이 되었다. 한글 서예가였던 서희환徐喜煥이 예서체로 쓴 『문학사상』도 딱딱한 고딕체로 바뀌었다. 『月刊中央』은 김충현金忠顯이 썼다. 이 제호는 고딕체 『월간 중앙』이 되었다가, 『WIN』으로 바뀌었다. 서예가 있는 나라에서 실로 유감스러운 일이다. 수천 가지 잡지의 제호를 수천 서예인이 저마다 전서체로 예서체로 해서체로 멋을 부려 쓰고, 그 잡지들이 서점의 진열장을 장식한다면, 책가게는 한국 서예전시장이 될 것이다. 상상만 해도 황홀 찬란한 대장관이다.

한국 잡지의 제호를 당대 명필의 붓을 빌려 장식한 적이 있었다. 해방공간기에 모윤숙毛允淑이 간행한 순문학지 『文藝』는 오세창吳世昌의 작품이었다. 6·25전란 중 조연현이 주재하여 창간한 문예지 『現代文學』은 손재형孫在馨이 쓴 제호다. 이 잡지는 지령 547호, 반세기 동안 매달 이어온, 한국잡지사상 최장수의 문예지다. 제호를 바꾸지 않고 반세기를 넘어 독야청청 창간호의 제호를 마르고 닳도록 보존하고 있는 유일한 잡지다. 감격할 일이다.

한국잡지사상 장정이나 내용이 조화를 이룬 가장 아름다운 잡지는 무엇인가? 의견이 서로 다르겠지만, 일제 암흑기에 이

태준이 발행한 『文章』이 아닌가 한다. 제호의 글씨는 추사秋史의 서품을 집자하고 표지화는 김용준金瑢俊, 길진섭吉鎭燮과 꼽추화가 정현웅鄭玄雄이 그렸다. 『文章』은 잡지라기보다 하나의 예술작품이었다. 문장사에는 이태준과 더불어 난을 좋아한 가람嘉籃과 서정시인 지용芝溶이 있어서, 소설가와 시인을 배출하였다. 『文章』은 청록파의 산실이었다. 한국 잡지 일세기 동안 가장 위대한 잡지가 육당의 『少年』이라면, 가장 고아한 잡지는 이태준의 『文章』이다.

　• 2001

일본 유무론

육칠 년 전이다. 말솜씨가 놀랍고 글도 잘 쓰는 전여옥 여사가 지은 책 이름은 『일본은 없다』라 하였다. 이내 다른 저자의 또 하나의 책이 나타 났다. 그 책은 『일본은 있다』고 하였다. 동경에 오래 머문 서현 섭 외교관이 썼다. 큰 서점에서는 희한한 일이 벌어졌다. 손님 이 찾는 책은 '있다'인데, 점원이 가져온 책은 '없다'이고, '없 다'를 찾으면 '있다'를 대령하기도 하였다.

있다가 없다가 없다가 있다. 이웃 섬나라가 있다가 없기도 하 고 없다가 있기도 하니 이런 재변이 없다. 불가佛家에서는 있는 것은 없는 것이고 없는 것은 있는 것이다. 일본이라는 나라는 있으나 없으나 매한가지인 나라다. 곁에 두고 오래 살펴보건대, 없어야 할 것은 있고 있어야 할 것은 없는 나라가 일본이다. 그 러니, 없다고 해도 옳고 있다고 해도 그르지 않다.

400년 전 조선왕조의 조정에서도 일본이 있느냐 없느냐, 서 로 다투고 있었다. 풍신이 원숭이상인 수길이 칼을 갈고 있는

지, 벼루에 먹을 갈고 있는지 궁금하였다. 아무래도 낌새가 수상하여 선조 대왕은 사신을 왜국에 보내어 염탐해 오도록 하였다. 두 사신이 돌아와 아뢴 보고는 서로 달랐다. 한 신하는 하마 왜병이 제 꽁무니에 따라오고 있다고 숨이 넘어가고, 다른 사신은 왜국은 전의가 없고 태평성대를 누리고 있다고 생딴판이었다.

역사는 되풀이된다. 요새 여의도의 잘난 분들처럼 국가 존망의 중차대한 일은 제쳐놓고, 제 피딩의 이익이 눈앞에 있을 뿐이었다. 빗장은 허술하게 해놓고, 일본이 있느니 없느니 싸움질만 하던 조선을 왜군의 말발굽이 하루아침에 초토화시켰다. 밥 짓는 연기가 백리 건너 한 집이 있었다 하니 왜적의 만행은 필설로 말할 수조차 없었다. 임진왜란을 일으키고 물러났던 왜국은 그 300년 후에 기어코 우리나라를 침탈하였다. 이렇게 일본은 우리 옆에 있었다.

일본이 개다짝을 끌고 허겁지겁 도망친 지 반세기가 흘렀다. 그러나 일본이 할퀸 상처는 사라지지 않았다. 보이지 않는 마음의 상흔은 천 년이 흘러도 지워질 수 없다. 보이는 상처는 삼천리 강토에 생생하다.

도시나 농촌에 있는 초등학교 운동장 옆에는 대개 이 충무공 동상이 서 있다. 왜란이 없었으면 이 동상이 있을 리 없다. 한국의 어린이들이 운동장에서 뛰놀 때, 장군의 충절을 생각하고 잔악한 일본을 떠올릴 것이다.

서울의 명산 남산의 꼭대기에는 김구 선생의 동상이 장안을 내려다보고 있다. 산중턱에는 안중근 의사의 기념관이 있고 동상이 있다. 양재동 '시민의 숲'에는 윤봉길 의사상이 있고, 비원 옆에는 충정공 민영환 동상이 있고, 도산공원에는 안창호 선생의 동상이 있다. 손병희 선생의 동상은 탑골공원에 있고 이준 열사의 동상은 장충동에 있다. 효창공원에는 김구·이동녕·이봉창·윤봉길 선생의 묘가 있다. 모두 나라를 위하여 목숨을 버린 열사이시다. 수도 서울 발 닿는 데마다 일본이 있다. 서울뿐이랴. 팔도강산 어디를 가나, 항일 투사의 동상이 있고 독립기념비가 있고 의병추념탑이 서 있고 남해 바다 산속에는 충무공 사당이 줄 서 있다. 금수강산이 아니라, 동상과 탑과 비의 강토가 되었다. 이렇듯 이 땅의 동서남북 어디에나 일본은 있다.

일본이 우리 땅 위에만 있지 않다. 우리가 늘 보는 달력의 종이 위에도 일본은 항상 있다. 3·1절과 8·15 광복절이 붉은 글씨로 새겨져 있다. 전 민족이 일손을 놓고 있는 날이다. 공휴일은 아니지만, 2·8 독립선언일이 있고 6·10 만세의 날이 있고 8·29 국치일이 있다.

3월 1일은 천만 학도가 개학하는 날이어야 한다. 3월 1일이 항일 독립선언의 날이어서 3월 2일을 개학일로 삼았다. 공무원이나 공장 노동자들이 쉬는 날과 뜻이 다르다. 3·1만세를 기념

하기 위하여 천만 학도의 개학을 하루 늦춰 놓았다. 초하루가 아니라 초이틀에 학교 문을 여는 나라는 세계에 우리나라뿐이다. 일본은 우리들의 집마다 붙여놓은 달력을 붉게 장식해놓았다. 일본은 이 나라 땅 위에만 있지 않고 종이 위에도 있고 우리 겨레 마음속에도 있다. 일본은 있어야 할 일은 하지 않고, 이렇 듯 없어야 할 일을 해놓았다.

8·15가 다시 왔다. 이날을 우리는 광복절이라 하고 일본은 종전기념일이라 한다. 전쟁이 끝났을 뿐이지, 진 싸움인지 이긴 싸움인지 모를 전쟁이다. 섬나라 때문에 이 나라는 바람 잘 날 이 없다. 그들이 저지른 몹쓸 교과서 때문에 우리는 조국광복을 기뻐하기보다 다시금 조국상실의 치욕을 되새기게 되었다. 없어야 할 교과서가 나타나서, 우리는 36년 일제를, 임진왜란을, 수천 년 왜구의 노략질을 다시 복습하게 되었다.

있을 수 없는 역사를 있다고 기록한 역사책은 있어서는 안 된다. 그들의 역사서에 대서특필해야 할 기록이 있다. 백제 왕인 박사가 글을 가르쳐준 일, 고구려 담징 스님이 그려준 금당 벽화, 백제 장인이 만들어준 목조미륵보살반가상, 그들이 국보로 보존하고 있는 조선인이 만든 찻잔 등 헤아릴 수 없다. 은혜를 총칼로 보답한 그들의 잘못도 기록해야 한다. 신라 문무왕은 동해바다 속에 묻어달라고 유언하였다. 죽은 넋이라도 왜구를 몰아내겠다는 비장한 결의였다. 이성계 장군은 남해에 출몰하는 왜구를 물리친 공적으로 조선왕조의 태조가 된다.

임진년에 쳐들어온 왜군들은 이 나라 백성의 코를 베어다가 제 나라 괴수에게 자랑하고 그 코를 모아서 작은 산을 만들어놓았다. 사람 사는 세상 어디에도 없는 무덤이 일본에만 있다. 남의 나라를 침탈하여, 왕후를 시해하고 수만 생령을 앗아가고 문화재를 도적질해가고 모든 생산물을 약탈해 간 만행이 그들의 사서에 기록되어 있어야 한다. 심지어 열 몇 살 조선처녀를 잡아다가 위안부를 만든 짐승 같은 소행을 빠뜨려서는 안 된다.

있어야 할 기록은 없애고, 없애야 할 기록은 보존하는 역사책이 일본의 왜곡 역사교과서다. 더구나 어른이 보는 책이 아니고 중학교 애들이 볼 책이다. 아무리 국수주의 국가라 하더라도 제 나라 어린이들에게 거짓말을 가르치려 드는 나라는 천벌을 받아 마땅하다. 천벌을 받아야 할 나라가 그 벌을 받지 않고 '모래가 바위가 될 때'까지 우리 곁에 있을 것이다.

대한민국 서울의 한복판 광화문 네거리에 충무공 이순신 장군의 동상이 서 있다. 그 앞 좌우에 두 신문사가 있다. 일제 말엽에 폐간되었다가 소생한 신문사들이다. 일본이 저지른 상처가 이 나라 심장에 자리하고 있다. 없어야 할 것이 많이 있는 우리나라가 있어야 할 것이 없는 일본 나라를 타이르고 나무라는 일이 어쩌면 기막히게 우스운 일이라 하겠다.

• 2000

어떤 시인 선생님

 나로 말할 것 같으면, 적어도 서울에 있는 사범 대학을 약골이 터건이하듯이 나왔다. 옛날 옛적 비장 강개한 선비처럼 "가노라 삼각산아, 다시 보자 한강수야"를 읊조리며 낙향하였다. 모교의 국어 선생 자리가 나를 기다리고 있었다.

6·25의 상처가 아직 가시지 않은 때였다. 하다못해 선생질이라도 할 수밖에 없는 직장이 아니었다. 전쟁의 불길이 집이란 집은 죄 잿더미로 만들어버렸는데, 일터가 있을 턱이 없었다. 목숨이 붙어 있는 것만으로도 천행이었다. 예쁜 여자 대학생을 둔 부모들이 선생 사위를 고르기도 하였다.

몇 해가 지났다. 아름다운 여대생은 찾아오지 않고, 우리 학교에 국어 선생님 한 분이 새로 부임하였다. 지상에서 익히 알던 시인이었다. 남도의 육자배기 가락으로 한국인의 정서를 노래한 서정시인, 작달막한 키에 창백한 얼굴이 첫눈에 하늘에서 내려온 신선이었다. 백묵 가루를 마실 분이 아니었다. 나는 시인 선생을 깍듯이 우러러 모시고 존경하였다.

겉볼안이었다. 시인 선생은 조용히 걸어 다니는 학이요, 도시 말씀이 없는 도사였다. 마치 지리산 신령이 길을 잃어버리고 홍진紅塵 세상에 온 듯하였다. 나보다 훨씬 연장이니, 조선시대라면 부자뻘이었다. 선생은 햇병아리 선생을 동생처럼 대해주었다.

산신령님도 속세에 있으면 세속을 따라야 한다. 신령님과 나는 알아주는 골초였다. 세상은 하수상하고 가슴에서는 석탄백탄이 타는데, 담배 연기로나마 마음을 달랬다. 나는 무례하게 시인 선생과 맞담배를 태웠다. 선생은 소탈한 평등주의자였다. "성냥이 있으면, 담배 한 대 얻어 피웠으면" 한다는 우스개가 있다. 시인은 연초를 지니고 다니는 때가 별로 없었다. 물론 라이터도 가지고 있지 않았다. 가끔 나더러 담배를 청하는 입 모양과 눈길과 가느다란 손이 매우 오묘하였다. 세상에서 그렇게 미안쩍어하는 모습을 나는 본 적이 없었다.

금강산에서 금방 하산한 도사 아니라 도사 할아버지라도 하루만 속세에 있으면 먼지가 묻는 법이다. 시인 도사는 화투놀이를 썩 좋아하였다. 화투짝 두 장을 가지고 결판내는 짓고땡을 즐겼다. 내가 할 수 있는 유일한 잡기가 바로 짓고땡이었다. 두 골초, 두 도박꾼의 궁합이 잘 맞았다.

어느 가을날 밤이었다. 예닐곱 접장들이 교내 숙직실에 모여

들었다. 문을 걸어 잠가놓고 바야흐로 동양화 전시회를 벌였다. 그때마다 나는 시인 선생 곁에 앉았다. 결가부좌한 선생의 품은 참선하는 달마대사요, 미늘 없는 낚싯대를 드리운 강태공이었다. 잃으나 따나 매한가지였다. 그러다가도 어쩌다 장땡을 잡은 선생이 바르르 떨고 있는 몰아지경의 경건한 표정은 가히 일품이었다.

밤이 제법 깊어졌다. 잃은 자 날 샐까 두렵고, 딴 자 일어서고 싶은 때가 되었다. 신령님이 딴다면 신령님이 아니고, 도사가 싹쓸이를 한다면 도사가 아니다. 선생의 자본이 초겨울 감나무에 매달린 까치밥 홍시처럼 달랑달랑하였다. 마침내 달마대사의 자세가 흐트러지고 엉덩이가 차츰 들썩거리기 시작하였다. 열이 뻗치는 듯 양말 한 짝을 벗어던지고, 앞 친구가 꼼수를 부린다고 호통을 쳤다. 선학仙鶴이 까마귀가 되고 신선이 왈가닥이 되는데 그리 오랜 시간이 걸리지 않았다. 낮 퇴계退溪 선생이 다르고 밤 퇴계 선생이 다르다는 말이 이를 두고 하는 말인 듯하였다.

시인 선생은 악당들에게 다 털렸다. 깊은 한숨을 쉬더니 날더러 만 원만 달라고 하였다. 나는 감지덕지하고 드렸다. 또다시 날렸다. 만 원만 더 꾸어달라고 하였다. 또 거덜이 났다. 까마귀 시인은 본전은 관두고 빚을 2만 원이나 졌는데 판이 깨졌다. 선생은 내 귀에 대고 "총 2만 원입니다" 하고서 일어섰다.

시인 선생이 빈털터리가 된 다음 날부터 나에게는 큰 재변이 생겼다. 선생은 나를 만날 때마다 몸둘 바를 몰랐다. 교무실에서 부딪히거나 복도에서 맞닥뜨리거나 화장실에서 일을 보면서도 "미안합니다. 곧 드리지요"하는 말씀을 하루에도 열두 때, 한 해를 두고 삼백예순 날 되풀이해서 들어야 했다.

시인 선생은 거금 2만 원의 부채를 떠안고 해를 넘겼다. 귀에 못이 박이도록 들은 말씀을 새해에도 들어야 했다. 해가 바뀌어 달라진 것이라곤 "미안합니다. 곧 드리지요"의 판에 박아놓은 말씀 가운데 '곧'자가 빠진 것뿐이었다. 그해 겨울 방학이 끝나고 등교해보니 선생이 보이지 않았다. 서울로 가셨다고 하였다. 환송회라도 해드려야 했는데 모두 서운해하였다. 물론 내게 "서울에서 만나면 드리지요"하는 말씀도 없었다.

그리고 얼마 있다가 시인 선생은 학처럼 하늘로 날아갔다. 저세상에 가서도 나는 빚을 받을 가망이 없다. 시인 선생은 천당에 계시고 나는 다른 자리에 누워 있을 터이니 말이다.

• 1965

예쁜 여대생

 알고 지내는 조선족 동포의 말버릇대로 얘기한다면, 나는 40년 동안 줄곧 선생질을 하였다. 철이 들어서, 거의 인생의 전부를 교단에서 보낸 셈이다. 장한 일인지, 미련한 일인지 모를 일이다. 제자 중에 면장·군수·도지사·시의원·한의사·판검사·육군대장·장관이 있다고 큰소리치는 친구를 나는 존경한다. 지나온 뒤를 돌아보면, 장한 일은 별로 없고 미련한 일만이 두고두고 한이 된다. 이런 웃지 못할 일도 있었다.

나는 교단에 서서 여학생을 똑바로 내려다보지 못하는 성벽이 있었다. 꼬마남학생이면 몰라도, 감히 여자 대학생의 눈을 마주 보지 못하고 늘 학생들의 눈과 마주치지 않으려고 애썼다. 왜 그랬는지 까닭을 알 수가 없었다. 꽃만 보면 줄행랑을 치는 나비는 나비가 아니다. 첫사랑의 상처가 너무 깊어선지 모르겠다. 여학생하고만 강의를 할 때는, 천장을 바라보고 독백을 하듯이 중얼거렸다. 대체로 여성 공포증이 매우 심하였다. 못나고 미련한 일이었다. 더 한심한 일이 벌어지기도 하였다.

어느 해 가을날, 한참 강의를 하다가 어쩌다 한 여학생의 눈과 마주쳤다. 나는 질겁하였다. 용기를 내어 다시 보았다. 예쁜 얼굴에 미소가 가득하였다. 용기를 내서 다시 보니 예사 미녀가 아니었다. 미스 코리아는 몰라도 미스 춘향은 되고도 남을 만하였다. 고운 얼굴에 희열이 넘치고 있었다. 내가 말을 할 때마다 고개를 위아래로 끄덕거렸다. 내 강의에 흠뻑 젖어 있었다. 내 말끝마다 감탄하고 감복하고 환희에 잠겨 있는 듯하였다.

나는 처음으로 선생질한 보람을 느꼈다. 그 여학생을 만난 날은 하루종일 설레고 즐거웠다. 다음날도 그 여학생은 강의실 맨 앞에 자리를 잡고, 내 말마디마다 고개로 맞장구를 치면서 득도선경得道仙境에 잠겨 있었다. 이런 강의는 난생 처음해 보았고 학생도 이런 명강의는 처음 듣는 듯하였다. 추사 서체도 초년의 서예가 다르고 원숙기의 서품이 다르다. 나는 인생 노년에 이르러 마침내 가르치는 도사가 다 되었다고 단정하였다.

그러던 어느 날이었다. 그 선녀 같은 학생이 보이지 않았다. 그다음 강의실에서도 모나리자의 미소를 띤 주인공은 나타나지 않았다. 그다음 주 강의실에도 선화공주를 닮은 여학생의 모습은 보이지 않았다. 길을 잘못 든 선녀가 나를 잠깐 만나고 하늘로 올라갔는가. 나는 사는 재미를 잃고 세상도 싫어졌다. 기적처럼 나타난 그 여인은 행복처럼 사라졌다. 그의 행방이 궁금하였다. 나는 강의하다 말고 마침내 큰 마음을 먹고 다른 학생들에게 물어보았다. 학생들은 합창을 하듯이 대답하였다.

"얼마 전에, 정신병원에 입원했어요."

강의실이 웃음바다가 되었다. 친구가 아프다는데 웃다니, 나는 매우 불쾌하였다. 학생들이 내 마음을 알고 있음에 틀림없었다. 가르치면서 배운다고 한다. 나의 미련함을 그 여학생이 깨우쳐주였다. 그나저나 꽃다발을 들고 문병 갈 일이 큰 걱정이었다. 나는 정녕코 평생 스승 노릇을 하지는 못하고 선생질을 하였다.

• 1969

맹인의 대화

 지난 주일에도 옆집 친구와 같이 교회에 갔다. 긴 의자 안쪽에 내가 앉고 친구는 가쪽에 자리 하였다. 좌석이 바뀌었더라면 망신스러운 사건은 벌어지지 않았을 것이다.

찬송이 끝나고 기도를 드리게 되었다. 기도가 길어지면 어떤 분은 벌써 꿈나라로 간다. 이런 사람은 대개 목사님의 설교 말씀이 시작되기도 전에 코를 골게 된다. 내 친구가 바로 이렇다. 그렇다고 친구의 천둥은 아니고 코둥소리가 큰일을 저지른 것은 아니었다.

설교는 절정에 이르렀다. 목사님이 크게 외쳤다. "사탄아, 사탄아, 물러가라." 그때였다. 옆 친구가 괴성을 지르면서 바닥에 꼬꾸라졌다. 주위 분들이 더러 놀라고 더러는 손으로 입을 가리고 히죽거렸다.

예배를 마치고 교회 문을 나서며, 나는 친구를 위로하였다.

"어디 상한 데는 없나?"

"괜찮아. 미안하네."

"온 세상 만백성 중에 자네가 제일 큰 죄인인가 봐."

"자네는 친구의 눈에 티가 들어 있는 것만 보고, 제 눈에 있는 들보는 못 보는군."

"커다란 나무토막이 어떻게 눈에 들겠나. 자네가 이상하지 않아? 목사님이 사탄아 사탄아 하셔도 딴 사람은 말짱한데, 자네 혼자만 바닥에 떨어졌단 말씀이야."

친구는 약간 성을 내서 자근자근 나를 다빅하었나.

"자네, 돼지한테 진주를 주지 말라는 말씀을 알고 있지. 내 뜻을 알까마는, 나는 늘 죄인으로서 참회하는 신앙생활을 하고 있지. 목사님께서 사탄을 지목하셨을 때, 너무 감격해서 정신을 잠시 잃었던 거지. 회개한 자 용서를 받지만, 선한 양처럼 시치미 떼고 있는 자네야말로 바로 사탄의 사촌이야."

내가 응수를 하였다.

"예수님도 이따금 제자더러 사탄이라 하셨지. 말싸움을 하다가 제자들이 서로 잘났다고 다툴 때, 예수님이 하신 일이 생각나는군. 제자들의 발을 씻어주셨단 말이야. 굉장히 우스운 장면이지."

"자넨 독실한 신자인 줄 아는데, 하느님의 일을 우습다고 하니, 이것은 대단한 불경죄라고 하겠네. 『성경』에 보면, 예수님께서 눈물을 보이시는 일은 어쩌다가 있어도, 웃은 대목은 한 군데도 없지 않아."

이번에는 내가 설교를 시작하였다.

"인간만이 웃을 수 있는 동물이라고 하지. 웃음까지도 하느님이 주신 은혜라고 하겠네. 하느님의 말씀을 잘 새겨보면, 거기 풍자가 있고 해학이 있고 반어가 있고 기지가 넘쳐. 그 큰 골계의 차원은 높고 비유와 상징은 놀라울 만큼 깊고 넓게 보이네. 웃음은 인간 행복의 극치라 하겠네. 저 거룩한 산상수훈을 이렇게 줄여보면 어떨까. '웃는 자에게 복이 있나니. 천국이 저희 것이라'고 말이야."

"그럼, 하늘에 계신 예수님도 가끔 웃으실 때가 있을까?"

내가 맞장구를 쳤다.

"물론 웃으시겠지. 그렇지만 아마 기막혀서 웃으시는 때가 많을 거야. 말하자면, 칠십 노인이 병 안 들고 오래 살게 해주십소사하고 기도를 드린단 말이야. 하느님은 그 반도 안 사셨지 않아? 호화별장에서 사는 할아버지가 더 잘 살게 해줍소사하고 소망한단 말씀이야. 하느님의 재산은 남루한 옷 한 벌이었지."

"그만 떠들기로 하세. 맹인이 맹인을 인도하면, 둘 다 구렁에 빠지고 말 거야."

• 1995

이승의 마지막 웃음

겨울은 북악산 너머에 머물고 있는데 봄이 남산을 넘어오고 있었다. 계절의 길목에서 나는 백발을 휘날리며 서울도 한복판 광화문 거리를 서성거리고 있었다. 그때였다. 어쩌다가 걸려오는 손전화가 울렸다. 그 울림은 제주도에서 찾아온 소리가 아니고 말죽거리에서 걸려온 목소리도 아니었다. 지구 반 바퀴 저쪽에 있는 영국하고도 런던에서 도버해협을 건너고 히말라야 산맥을 넘어 양쯔강을 따라와서 서해를 넘어온 소리였다.

그 소리는 마치 하늘나라에서 울려오는 음향처럼 들렸다. 광화문 상공에 흩어진 소리가 귓속에 모아져서 이내 낯익은 배희임裵喜任 교수님의 정겨운 음성이 되었다. 경상도 가락의 카랑카랑한 여성의 소리와 전라도 쑥대머리 가락의 먹따는 소리로 수인사를 나누었다.

햇수로 2년이나 뵙지 못했으니, 서로 안부라도 주고받아야 하였다. 교수님은 이역만리에서 공부하고 계시고 나는 조선 땅에서 편히 놀고 있으니, 내가 자주 편지도 내고 전화도 해야 옳았다. 칠십 노옹이 되고 보니 늘 하는 일은 생각뿐, 머뭇거리고만 있게 되었다. 내가 관여하던 월간지 몇 권과 새로 나온 문예지서껀 한 꾸러미를 싸놓고 부친다 부친다고 하고 있었다. 배 교수님은 국어학자이시지만, 나는 가끔 교수님이 문학을 전공했더라면, 작가나 비평가가 되셨을 것이라 여겨졌다. 한국문학은 물론 세계문학에 조예가 깊으셨다.

몇 마디 대화를 나누다가, 런던에서 서울에 대고 엉뚱한 말씀을 하셨다. 인간은 정치적 동물이라고, 누가 말했던가.

"노무현이 찍었지요?"

그러고 보니, 대통령 선거가 끝나고 오천만 동포의 열병이 조금 식을 무렵이었다. 누가 왕이 되든 나라를 팔아먹지는 않을 터인데, 우리네 백성은 모두가 눈만 뜨면 마을회관에서건 다방에서건 거리에서건 공원 할 것 없이 저마다 아침에 읽은 몹쓸 조간신문을 복습한다.

배 교수님의 흉을 보자는 노릇이 아니다. 평생에 인연을 맺은 분 가운데 교수님은 흠잡을 데가 없는 성인군자였다. 수십 년을 같은 직장에 있고 보면, 본인이 없는 곳에서 이 사람 저 사람 더러 험담을 하기도 하는데, 어느 자리에서나 배 교수님 탓하는 사람을 한 번도 보지 못했다. 교수님은 인품이 고매한 분이었다.

잘못은 내게 있었다. 나는 범사에 초연하지 못하고 걸핏하면 위정자를 매도하고 정부를 비판하고 국가의 정체성을 흔들기도 하였다. 평소 나의 야적 성격을 잘 아시기 때문에, 노 대통령이 당선되어서 만세를 부르고 있을 나에게 보낸 전화 축하 메시지였다. 교수님은 템스 강가에 앉아서도 서울에 있는 나에게 무슨 말씀을 해야 내가 제일 기뻐할까 생각하시는 분이셨다. 내 응답이 엉뚱하였을 것이다.

"이회창이 찍었는데요."

"거짓말!"

금방 탄로가 날 거짓말은 진실이다. 나는 교수님보다 10년쯤 더 늙고 교수님은 나보다 10년쯤 젊다. 고희 노옹이 한참 아랫분한테 거짓말쟁이가 되고 보니 예삿일이 아니었다. 배 교수님은 진실한 분이고 성실한 분이었다. 동료 교수들도 배 교수님을 경외하였고 제자들도 마음속으로 존경하였다. 간도 땅에서 유학 온 조선족 학생들은 배 교수님을 어버이처럼 여겼다.

이웃 분들을 늘 배려하시고 정성을 다하여 도와주셨다. 십 년 전 일이었다. 대학에 인쇄실이 새로 마련되어서, 나는 열 권의 한정판 책을 만들어본 적이 있었다. 부끄러운 책을 배 교수님에게 드렸다. 며칠이 지난 후에 내가 드린 책을 되주셨다. 책을 펴보니 여기저기 문장을 고친 자국이 많았다. 남의 책을 읽어보기도 어려운 세상에, 내가 쓴 책을 고맙게 읽어주시고 하나하나 고쳐주셨다. 이런 일은 힘든 일이고 드문 일이다.

교수님은 큰 학자가 되실 분이었다. 가정을 거느리고 계시면서 어렵게 학위를 취득하셨다. 그 논문은 고려대학교 간행 학술총서의 한 권이 되었다. 좋은 가문의 큰 며느리가 할 일을 다 하셨다. 집안에 훌륭한 분이 많이 계셨지만, 한 번도 일가친척의 자랑을 입에 올리지 않으셨다. 인간적으로나 학자로나 사표가 될 만한 분이셨다.

나는 거짓말쟁이의 누명을 벗어야 했다.

"세상에 나와서 한 번도 거짓말을 한 적이 없는데요."

"그것도 거짓말이지요."

이제 내 발언이 담배씨만큼도 거짓이 없는 사실을 말씀드려야 하였다.

"내 평생에 제가 찍은 후보자가 당선되는 걸 거의 보지 못했어요."

"그게 어떻다는 거지요."

"제가 찍은 대통령은 표를 다 도둑맞고 낙동강 오리알 떨어지듯 떨어지지요."

"그래서요."

"그래서 내가 이회창 후보를 찍으니 떨어지고, 노무현을 안 찍어서 노 씨가 대통령이 되지 않았어요!"

"그런 엉터리가 어디 있어요."

배 교수님의 웃음소리가 장안에 울려 퍼지는 듯하였다. 그 웃음소리를 오래오래 들었으면 얼마나 좋았을까. 그것은 남산을 넘어오는 봄의 웃음소리가 아니고 북악을 넘어가는 겨울의 울음소리가 되었다. 그 웃음소리가 영원히 울음소리로 남아 있을 줄 꿈에도 몰랐다. 그 웃음이 이승에서 배 교수님과 내가 나눈 마지막 대화였다. 지금도 그 웃음소리가 내 귀에 생생하다. 내가 살아 있는 한 그 소리는 내 머리에 남아 있을 것이다.

광화문에서 국제대화를 나눈 다음날 배 교수님의 부음을 들었다. 큰 쇠망치가 내 머리를 때렸다. 한동안 정신을 차릴 수가 없었다. 예쁜 따님을 두고도 저 세상에 가는 엄마가 있는가. 훌륭한 아드님을 모르는 척 눈 감을 수 있는가. 백년해로를 기약한 남편을 남겨두고 혼자 떠날 수 있는가. 그 많은 일가친척, 선배 동료와 제자들의 가슴속에 슬픔의 응어리를 남겨놓으시고 그렇게 훌훌 가실 수가 있을까. 그 많은 장서를 버리고 쓰셔야 할 글을 못 쓰시고 떠나실 수 있을까. 아무리 생각해도 알 수가 없다.

인천공항에 꽃다발을 들고 마중을 나가야 할 발길이 장례미사장으로 갔다. 따님을 보니 눈물이 앞서고 아드님을 만나니 눈물이 쏟아졌다. 부군의 손을 잡고 목이 메었다. 내 평생에 그렇게 많은 눈물을 흘린 적이 없었다. 십 년도 더 젊은 분은 먼저 저 세상에 가시고 십 년도 더 늙은 나는 이 세상에 있다니 하느님도 무심하다.

• 2007

공은 둥근 고로 존재한다

애들이나 돼지 오줌깨에 바람 넣어 마당이나 고샅에서 차고 놀던 공을, 다 큰 어른들이 가로채다가 오늘날의 거창한 축구천하를 이룩하였다. 영국이 축구 종주국이라는 말은 어림 반푼어치도 없다. 신라 명장 김유신과 김춘추가 '축국'蹴鞠을 했다는 기록이 『삼국사기』에 남아 있으니 말이다. 콧대 높은 중국 사람은 관우 장비가 축구를 즐겼다고 한다.

국제축구연맹(1904) 가입국은 유엔 회원국보다 많은 208개 나라다. 즐기면 될 일인데, 나라끼리 겨뤄보자는 세계축구대회가 월드컵이다. 올해, 남아공 19회 월드컵에는 이미 32개국을 뽑아놓았다. 한국은 월드컵에 여덟 차례나 나갔는데 여덟 번 이상 참가한 나라는 열 나라가 안 된다. 13억 중국인들은 이번에도 집에서 굿이나 보고 호떡이나 먹게 되었다.

"일을 내겠다. 사고를 치겠다. 유쾌한 도전을 하겠다"는 허정무 감독의 출사표는 자못 의미심장하였다. 천지신명이 보우하사, 태극 전사들이 마라도나 부대를 격파한다면 큰일을 저지른 셈이 된다. 붉은 악마들이 스페인 무적함대를 가라앉히고 독일 전차군단을 장난감으로 만든다면 세상이 놀랄 사고가 아닌가. 선수들은 유쾌하게 놀고 관중은 유쾌하게 굿이나 보는 운동이 축구다. 우리 선수들이 잔디밭에서 죽을 쑤든 떡을 치든 오천만 동포 여러분은 3차대전이 일어난 듯이 소란 피우지 마시고 유쾌하게 즐기라는 허 감독의 말씀이다. "4강에 들겠다"는 일본 오카다 감독의 허장성세虛張聲勢보다 허 감독의 조말성은 철학적이고 현학적이었다. 영특한 진돗개 감독이라는 별칭이 어울렸다.

단기 4342년 6월 12일, 넬슨 만델라 베이 경기장에 나선 태극전사들은 그리스 군단을 초전에 박살 냈다. 매우 무례한 사고를 쳤다. 우리가 놀랐는데 온 세상 사람들은 더 놀랐다. 그리스는 올림픽의 발상지이고 유럽문화의 요람이며 2004 유로 우승국이다. 축구가 전쟁이고 보니 예의범절이 없고 장유유서도 없었다. 식사를 거르고 나왔는지, 희랍팀은 전반 7분에 한 골을 먹고 후반 7분에 또 한 골을 자셨다. 세상만물 다 먹어도 좋지만 공을 먹어서는 망하는 운동이 축구다.

전반전 호루라기 소리가 나고 이내 기성용이 천금 같은 프리킥 공을 띄우고, 느닷없이 나타난 이정수가 부엌에서 숟가락

줍듯이 잡은 공을 꽂았다. 기 선수의 발솜씨는 '택배 크로스'일시 분명하고 이 선수의 발재간은 제기차기 폼이던 것이다. 후반 7분에 넣은 박지성의 골은 세계 축구사에 남을 명품이었다. 중앙선 어름에서 박 선수가 공을 본드로 신발에 붙이고 내닫는데, 세 명의 상대 선수가 따라붙더니, 한 선수는 애초에 작파하고 두 번째 선수는 나가떨어지고 마지막 선수마저 주저앉자, 박 선수는 유유하게 차 넣고 봉산 탈춤을 추었다. 장대비에 흠뻑 젖은 할아버지 붉은 악마는 서울광장에서 이 찬란한 장면을 보고 이제 죽어도 한이 없다고 하였다. 죽겠다던 그 노옹은 며칠 후, 광화문 광장에 태연히 나타나서 아르헨티나 선수들에게 삿대질을 하고 있던 것이다.

그리스팀보다 한국팀의 기량이 월등했는가. 꼭 그렇지만은 않다. 한국선수들이 잔디밭에서 만고강산을 부르며 어슬렁거리고만 있어도 진작에 이기게 되어 있었다. 한희전쟁 이틀 전이던가, 그리스 대주교께서 아프리카까지 와서 그리스 선수들 이마에 손을 얹고 "원수를 사랑하라"고 성령을 내려주었다. 한국이 그리스와 원수진 일이 없는데, 그 사랑이 얼마나 더 풍성하겠는가. 뿐인가. 그리스 국기에는 십자가가 선명하다. 기독교 정신이 곧 그리스의 국시國是다. 그리스 선수들은 친구를 위하여 공을 먹는 일보다 더한 사랑은 없었다. 복 받을진저, 그리스 선수들이여!

산소 탱크 박지성 선수

단기 4342년 6월 17일, 붉은 악마 선수들은 요하네스버그 사커시티 스타디움에서 아르헨티나와 2차대전을 치르게 되었다. 여기는 설악산 대청봉과 맞먹는 높은 지대다. 아르헨티나 축구단을 볼작시면, '신의 손' 마라도나 감독 휘하에, 축구의 메시아 메시가 있고 탱크도 길을 비켜주는 테베스가 있는가 하면 신출귀몰하는 이과인이 있다. 문어 점쟁이가 도와준다면 모를까, 싸우기에 벅찬 천하무적이다.

"앞문으로 호랑이를 막고 뒷문으로 승냥이를 불러들인다"는 옛말이 있다. 한국의 뒷문은 자동문이었다. 앞에서 메시 호랑이한테 우리 수비수들이 벌떼처럼 달겨들다 보면, 뒷문에 이과인 승냥이가 머리로 다리로 다시 대가리로 헤트트릭 골잔치를 벌였다. 쌍용이 불을 뿜어대고 쌍박이 박치기를 해대고 차로봇, 뼈정수가 육탄전을 펴도 마라도나 병졸들을 이겨먹을 수가 없었다. 네 골이나 먹었으니, 한국 선수들은 8년 전 히딩크 감독의 "나는 아직도 배가 고프다"는 교훈을 잊지 않고 실천한 꼴이었다.

재수 옴이 붙은 경기가 아르헨티나전이었다. 제대로 싸우기도 전에 눈도 귀도 없는 공이 날아와 하필 아무 죄 없는 박주영의 허벅지에 맞고 우리 문에 찾아들었다. 스스로 책임질 골은 아니었다. 박 선수는 독실한 신자. 그때 하느님은 어디 계셨는지 원망스러웠다. 아마 하느님을 찾는 선수들이 워낙 많아서

당신께서도 깜빡하신 모양이었다. 하느님의 사랑은 한이 없다. 전반전 종료 직전에, 이청용 선수로 하여금 보라매 병아리 낚아채듯 상대의 공을 빼앗아 화살처럼 골을 넣게 점지해주었다. 화불단행禍不單行이라. 세 번째 이과인의 득점은 오프사이드 골이었다. 오프사이드에서 성공한 아르헨티나 선수들은 춤을 추는데 골을 도둑맞은 한국 선수들은 죽을 맛이었다. 60억의 지구인이 오프사이드를 목격했는데, 딱 심판 한 사람이 못 보았다면 나무아미타불이다. 불공평히고 불합리한 축구의 마력이다. 태극용사들은 잘 싸웠다. 90분 동안 한숨 소리가 산천초목을 흔들었지만, 비통하여 땅을 치는 붉은 악마는 없었다. 한국의 제물 나이지리아가 우리를 기다리고 있기 때문이었다. 이 속셈을 알고도 나이지리아 정부는 한국 외교관을 추방하지 않았다. 나이지리아 역시 한국을 제물로 삼았으니 피장파장이었다.

단기 4342년 6월 23일, 더반 스타디움에서 백색 상의를 입은 하얀 악마들이 나이지리아 흑인부대와 생사결단의 일전을 펼쳤다. 더반은 한국의 명당자리다. 36년 전, 여기서 홍수환 선수가 주먹으로 상대선수를 때려눕히고, 고국의 어머니에게 "엄마, 나 챔피언 먹었어"라고 외쳤다. 보통 분이라면 "가문의 영광이다"라고 맞장구를 쳤을 터인데, 엄마는 유관순 열사처럼

"대한국민 만세다"를 불러댔다. 민국이 국민이다. 태극 용사들이 어디서 공을 차든 우리 동포들은 어디서나 "대한민국 만세"를 합창하는데, 그 "대한민국 만세"를 맨 먼저 부른 분이 홍 선수의 자당님이다. 현풍 할매 원조 설렁탕만 있는 게 아니다.

2억 국민 나이지리아의 종교는 축구인데 이제는 축구가 종교가 아니라 아편이 되었다. 독일 출신 감독 오토 대제大帝가 거느리고 있는 선수들이 대단하였다. 신들린 거미손 빈센트 문지기가 있고 나이지리아의 박지성 카라쿠니스가 있고 창조적인 공격수 사마리스가 있다. 허 장군이 야간전쟁에서 이기면 이순신 장군이고, 지면 돌팔매를 맞는 원균 장수가 된다. 전투를 앞두고 허 장군은 중대포고문을 공포하였다. 이르기를 '파부침주'破釜沈舟, 솥을 깨뜨려 다시는 밥을 짓지 않고, 배를 가라앉혀 건넌 강을 돌아오지 않는다. 죽자사자 뛰라는 일갈대성一喝大聲이었다. 흔히 운동장에 나서는 선수마다 목숨을 걸고 뛴다고 한다. 그런데 대개는 10 대 1로 지고도 선수들은 펄펄 살아나온다. 다행히도, 한국선수가 풀밭에서 초상을 치를 일은 없었다.

나이지리아전은 이기면 16강이요, 지면 보따리를 싸야 하는 이판사판이었다. "나 지리아" 하고 대드는 적군과 "너 지리이" 하고 받아치는 아군의 공격이 불꽃을 튀겼다. 시작 12분, 우리 문전에 날아온 공을 칼루 우체가 논스톱으로 우리 문에 차 넣었다. 오천만 동포의 심장이 멎었다. 차두리가 두리번거리다가 막지 못하였다. 게임이 끝난 후, 차 선수는 "저승사자를 만나고 왔다"고 하였다. 전반전 끝날 무렵, 황금 콤비가 또 일을 냈다. 기성용의 컴퓨터 크로스를 이정수가 동방예의지국 슛으로 동점골을 만들었다. 수천만의 함성은 하늘과 땅을 두 쪽으로 갈라놓았다. 전날 밤, 기성용의 어머님은 축구장 한복판에서 부채춤을 추는 꿈을 꾸었다. 그 길몽을 밤마다 꾸었더라면 우리 팀이 결승에 올랐을 것이다. 후반 4분, 어디 갔다 이제 왔느냐, 박주영이 나라를 구하고 백성을 살리는 프리킥을 날렸다. 팔도강산에 큰 지진이 났다. 한 골 앞섰으니 이제 따놓은 당상이었다. 돈 내고 경기를 보면서도 우리가 이기고 있으면 경기가 얼른 끝나기를 학수고대하고, 만약에 우리가 지고 있으면 풀밭에 엎어져 엄살을 부리는 상대 선수에게 욕설을 퍼붓는 시간이 되었다. 통한의 24분, 늦게 출장한 김남일이 페널티킥을 범하였다. 진공청소기가 고장이 났다. 잘못은 신랑이 저질렀는데 스포츠 담당 신부 아나운서가 욕을 덤터기로 먹었다. 한반도가 꺼질 듯한 한숨소리가 아프리카까지 울려 퍼졌다. 남아 있는 20분 동안, 대한국민의 간장이 거의 타버린 다음에야 종료 호루라기 소리가 울렸다.

  싸움은 비겼지만 아르헨티나의 하해河海 같은 은공으로 붉은 악마는 처음으로 원정 16강을 달성하였다. 남녀노소, 상하귀천, 사농공상 가릴 것 없이, 나라 안팎의 배달겨레는 감격의 눈물을 흘리며 얼싸안고 춤을 추었다. 단군 이래 이런 경사가 없었다. 90분 사이 천당과 지옥을 넘나들었다. 두 번의 환호, 두 번의 장탄식 그리고 환희의 눈물로 마무리한 처절한 일전이었다. 이렇고 보니, 30년 기른 코미디언 김흥국의 콧수염은 온데간데 없었다.

단기 4342년 6월 26일, 6·25전쟁 60주년 다음날, 태극용사들은 38선이 아니라 넬슨 만델라 베이 구장에서 우루과이와 16강전을 치렀다. 우루과이라면 낯선 나라 같지만 '우루과이 라운드'는 들어본 듯하다. 이 괴물이 한국의 농민을 울려서 소도 운다는 '우루牛淚~꺼이'라는 탄성이 유행하기도 하였다. 이 나라의 국기國技는 축구다. 1회 월드컵이 열린 나라이고 월드컵을 두 번이나 차지하였다. 머리띠를 맨 선수 포를란은 날아다니는 치타다. 젊은 수아레스는 사방을 휘젓고 다니는 망아지다. 역대 전적은 우루과이와 네 번 싸워서 한국이 한 번도 못 이겼다. 그렇더라도 길고 짧은 것은 대보아야 안다. FIFA 랭킹 105위의 북한이 브라질을 혼내준 경기가 축구다.

지난 4년 동안, 우리는 자나깨나 16강 노래를 불렀다. 우리가 그토록 바랐던 16강 팀이 되고 16강전을 치르게 되었다. 져도 좋고 이기면 더 좋은 싸움이었다. 초장初場 5분, 행운의 여신은 우리 편이 아니었다. 세상이 알아주는 프리킥의 달인 박주영이

잡을 테면 잡아보라고 적진에 자블라니를 날렸다. 잡을 엄두도 못 내고 문지기는 전봇대처럼 서 있는데, 공은 왼쪽 골대를 맞고 바깥쪽으로 튕겨 나갔다. 박 선수는 머리를 감싸안았고 우리 만백성은 가슴팍을 쳤다. 막판에 기회가 또 왔다. 후반 41분, 12년 세월 말도 많고 탈도 많았던 이동국이 우루과이 키퍼와 1대 1로 맞선 천재일우의 찰나, 걷어찬 공은 골키퍼 옆구리를 스치고 들어가기 직전에 상대 수비수가 걷어냈다. 이럴 때마다 축구 해설자가 영락없이 한마디 한다. "공이 골대 안으로 들어갔으면 골이지요." 삼척동자라도 이런 말은 하겠다. 둥근 공이 굴러서 안 들어가면 골이 아니다. 공은 둥글둥글 굴러서 제멋대로 들어가기도 하고 안 들어가기도 한다. 공은 둥근 고로 존재한다. 길거리 응원단은 비명을 지를 힘조차 남아 있지 않았다. 하늘을 원망할 수도 없었다. 우리는 어렵게 넣고 우루과이는 쉽게 넣었다. 이청용이 어렵게 한 골을 만회했으나 수아레스는 전후반 한 골씩 힘 안 들이고 넣었다. 만약에 박주영의 공이 들어갔더라면, 만일에 이동국이 12년 한을 풀었더라면 한국은 8강 팀이 되었을 것이다. 질 수밖에 없는 경기를 지면 억울하지 않다. 이길 수 있는 경기를 지면 애석하고 원통하다. 우루과이전은 이길 수 있는 경기를 패배한 마지막 아쉬움을 남겼다.

승리가 있고 패배가 있었지만 좌절은 없다. 남아공월드컵은 스페인이 차지하였다. 2002 한일월드컵에서 우리가 스페인을 이겼으니, 대한민국이 우승국이다. 8강 문턱에서 멈추었으나, 우리는 인천공항에 내린 선수들에게 꽃다발을 안겨 주고, 서울광장에서 개선 축구단 환영대회를 성대하게 열었다. 여름 한 달 동안 태극용사들은 우리에게 커다란 즐거움을 주었다. 붉은악마는 한국축구의 역사를 새로 썼다.

공은 둥글다. 고로 존재한다. 큰 공이 지구라면 더 큰 공은 우주다. 공은 우주보다 위대하다. 우주보다 작은 공이 온 천하를 지배한다. 490그램의 가벼운 공 하나로 전 인류가 울고불고 하나가 된다. 공은 절대자다. 축구는 종교다.

• 2010

남편은 하늘 아내도 하늘

지난해 사천만 동포를 TV 앞에 묶어놓았던 드라마, 「사랑이 뭐길래」에 이런 대사가 이따금 튀어나왔다. 젊은 부부가 토닥거리다가 궁지에 몰린 남편이 출랑대는 부인더러 아내의 맹세를 외워보라고 다그쳤다. 명령 일성에 아내는 또렷한 목소리로, '남편은 하늘, 아내는 땅' 하고 낭군에게 아뢰었다. TV를 보던 남정네들도 웃고 여인네들도 웃어댔다. 웃음이 가시기도 전에, 이내 아내가 하늘 노릇을 하는 장면이 나오면, 시청자들은 박장대소를 하였다. 바깥양반은 하늘이고 안사람은 땅이라는 말을 누가 지었는지 아무도 모른다. 공자·맹자의 가르침도 아니고, 퇴계·율곡의 교훈도 아니다. 그렇다고 해서, 어떤 부부가 의논해서 만든 명가名家의 내훈內訓도 아니다. 혹시 어쭙잖은 사내가 아내 앞에서 으스대려고 이런 말을 조작했다면, 그 남성은 몽매한 사나이라 하겠다.

하늘은 높고 땅은 낮다. 하늘은 위에 있고 땅은 밑에 있다. 위에 있는 것은 고귀하고 밑에 있는 것은 비천하다. 남편이 높은 하늘이라면 아내는 낮은 땅이다. 땅이 하늘을 섬기듯이 아내는 남편을 모셔야 한다. 이러한 발상은 온당하지 않고 이 시대에 용인될 수도 없다. 하늘과 땅은 홀로 존재할 수 없다. 땅이 있어 하늘이 있고 하늘이 있어 땅이 있다. 땅이 없으면 하늘이 있을 수 없다. 고대의 음양원리로 따져본다면 하늘은 양이고 땅은 음이다. 음양의 세계에서는 높낮이가 없고 위아래가 없다. 음양은 상대적이다. 따라서, 음인 여성과 양인 남성의 관계는 상하나 고저에 있지 않고 좌우 평등선상에 있다.

서양의 고대 창조신화에도 동양의 음양철학과 상통하는 점이 있다 하겠다. 우라노스는 천신이고 가이아는 지신이다. 천신은 남성이고 지신은 여성이다. 천과 지의 신 사이에 알력이 있으나 이는 창조 신화일 뿐이다. 우라노스는 잘난 체하지 않는다. 마치 천지음양의 조화를 이루듯이 천신과 지신이 화합의 세계에 있다.

『성경』에서 말씀한 남녀의 창조를 들어 남녀동위론을 두고 이의를 제기할 사람이 있을 듯하다. 하느님이 아담을 먼저 만드신 일부터가 문제삼을 만하다. 전능하신 당신께서 아담과 이브를 같이 만드셨으면 얼마나 감사한 일인가. 이브를 창조한 까닭은 아담이 쓸쓸해 보여서였다. 이브는 아담의 심심풀이인가. 이브를 만들되, 아담의 심장이나 머리의 일부를 떼어 만들지 않고, 있으나 마나한 옆구리의 갈비뼈로 창조하였다. 뼈 한 개로 빚어놓은 여성이 남성을 이겨먹을 수가 없다.

이렇듯이, 창조주의 역사役事를 해석하는 것은 절대자의 뜻을 모르는 말씀이다. 기독교 정신은 만민평등, 박애사상이다. 창조주가 여인을 만들 때 남성의 발바닥을 긁어 만들었거나, 손톱이나 깎아 만들었으면 어찌할 것인가. 갈비뼈는 옆에 있다는 깊은 진리를 깨달아야 한다. 아담의 옆에 이브를 나란히 두었다는 가르침이다. 아담의 위나 아래에 이브를 두시 않고 아담과 같이 세운 것을 보여주었다. 아울러 아담과 이브 즉 남녀는 한몸이었다는 큰 가르침이 숨겨져 있다.

『성경』에 나타난 남녀일체관은 옛 희랍사람들의 상상과 닮은 데가 있다. 희랍인들은 이상적인 남녀의 상을 희랍인답게 생각하였다. 그것이 플라톤이 지은 『잔치』에 기록되어 전해오는데, 그 발상이 가히 놀랍다. 애시당초, 여자와 남자는 한몸, 남녀 이신동체男女 二身同體였다. 한몸이니 자나깨나 같이 있어야 했다. 그렇게 정다울 수가 없었다. 둘은 서로 죽고 못 살 지경에 이르렀다. 하느님도 눈꼴이 사나워 보아줄 수가 없다. 성난 창조자는 남녀를 떼어서 사방에 흩어져 살게 하였다.

제 짝을 잃어버린 남자와 여자는 언제나 자기의 몸을 그리워하고 찾아 헤맨다. 길 위에서 마주친 남녀가 서로 바라보고 가슴이 두근거리는 감정은 그들이 바로 하느님의 시샘으로 갈라진 짝이 아닌가 여겨지기 때문이다. 수십억 남녀 가운데, 잃어버린 짝을 찾는 일은 그리 쉽지가 않다. 20년 30년이 걸려서, 어떤 사람은 40년 50년이 지난 후에야 겨우 제 짝을 찾아 결혼을 하게 된다. 이제 다시금 한몸이 된다. 하느님도 남자와 여자의 사이를 다시 갈라놓을 수 없다.

남자와 여자가 둘이 아니고 하나라는 부부불이정신夫婦不二精神은 현대를 사는 우리에게 하나의 귀감으로 삼을 만하다. 남편이 하늘이면 아내도 하늘이고, 아내가 땅이라면 남편도 땅이다. 남편을 하늘처럼 모시면 아내도 하늘이 된다.

아내를 사랑하는 일은 남편 스스로를 사랑하는 일이다. 당신은 하늘이고 나는 땅이 아니라, 하늘과 땅이 둘이 아니듯이, 당신과 나는 하나인 것이다. 천지합일天地合一 부부일체夫婦一體이다.

• 1993

150

담바구타령

밥을 먹듯이 담배를 먹는다고 한다. 모닥불을 피우듯이 담베를 피운다고노 한다. 연기를 들이켜대니 담배를 먹는다고 하겠다. 죄다 넘기지 않고 입 밖으로 연기를 뿜어내기도 하니 피운다는 말도 옳다. 먹으나 피우나 매한가지이지만, 예부터 우리네 조상은 담배를 피운다고 하지 않고 먹는다고 하였다. 담배 연기는 마시는 연주煙酒요 연차煙茶이던 것이다. 매운 연기를 먹는 판에 못 먹을 것이 없고 안 먹을 것이 없다. 허구한 날 곯고 곯아서인지, 먹는 데 이골이 났다.

욕을 먹고 나이도 먹는다. 눈칫밥도 밥이다. 가족이 아니라 식구食口다. 빨래 풀도 먹이고 연장에 기름도 먹인다. 어떤 권투선수는 챔피언을 먹었다고 외쳤다. 옛말에 저 혼자 사또, 현감 다 해먹는다고 나무랐다. 동해물과 백두산이 마르고 닳도록 국회의원을 해먹는다는 말은 만번 옳다. 소금장수 얘기의 첫머리는 으레 옛날 옛적 호랑이 담배 먹을 적으로부터 말문을 열어야 천연덕스럽다. 이러고 보니, 담배 연기도 먹고도 남는다.

그제나 이제나 우리네 사람들은 시도 때도 없이 담배를 육장 먹어대고 피워대다 보니, 어느덧 세상이 알아주는 애연 일등 국민이 되었다. 하루아침에 얻은 명예가 아니다. 개화기에 이 땅에 몰려 온 선교사들이 크게 질겁하였다. 조선의 엽전들이 남녀노소, 상하귀천 할 것 없이 노상 담뱃대를 입에 달고 다녔다. 오죽했으면, 담배 먹으면 천당에 못 간다고, 목사가 신자들을 을러댔으랴. 먹은 죄로 지옥에 떨어졌다가 다니러 나온 끽연자를 하나도 볼 수 없으니, 아무리 말려도 도로아미타불이었다.

세상이 알아주는 끽연의 나라에 응당 세상에 으뜸가는 골초가 없을 수 없다. 씌어 있기를, 담배를 억세게 먹은 철록鐵祿이 어미하고, 연기를 겁나게 피운 용귀돌龍貴乭이가 첫손가락으로 꼽힌다고 하였다. 미처 왕조의 실록은 들춰보지 않았으나, "철록 어미냐 용귀돌이냐, 담배는 잘도 먹는다"는 말씀이 우리 속담집에 또렷이 남아 있다. 죽은 다음에 보니까 귀돌이의 뇌에 담뱃진이 벌통의 꿀처럼 절어, 머릿속에서 검은 진을 파내는 데 여러 날이 걸렸다고 한다. 오대양 육대륙의 애연가들과 담배회사에서 이 여인네와 남정네의 추모비라도 세울 법하다.

담배하면 철록이 어미와 용귀돌이만 받들게 아니고, 담배를 가장 멋들어지게 먹은 조상님도 살펴보아야 하겠다. 그게 누군고 할작시면, 『춘향전』에 나와 있는 시골 농사꾼이다. 마패를 감추고 남원골 어귀에 당도하여, 수작 부리던 어사또를 혼내준 농부, 이 농투성이 담배 빠는 모양새 한번 천하일품이던 것이다.

한 농부 썩 나서며, 담배 먹세 담배 먹세. 갈머덩(갈삿갓) 숙여 쓰고 둔덕에 나오더니, 담뱃대 넌짓 들어 꽁무니 더듬더니, 가죽 쌈지 빼어놓고, 몹시 침을 뱉어 엄지손가락이 자빠라지게 비싯비싯 단단히 넣어, 짚불을 뒤져놓고 화로에 푹질러 담배를 먹는데, 농군이라 하는 것이 담뱃대가 빡빡하면 쥐새끼 소리가 나것다. 양볼때기가 오목오목, 콧구멍이 발심발심하더라.

손가락이 휘도록 연초쟁이는 행동거지하며, 대통 속에서 끓는 담뱃진이 내는 쥐새끼 울음소리하며, 볼따구니가 패게 빨아대는 입술하며, 벌름거리는 콧구멍의 풀무질이 정녕 가관이다. 내로라하는 시인 묵객이라 해도 담배 빠는 몰골을 요로코롬 그려낼 수 없다. 고지식한 비흡연자들은 『춘향전』의 이 대목을 놓치고, 무료한 시간을 눈깔사탕이나 깨물고 보내는 사람들이다.

애연가야말로 밥 먹는 일이나 술 마시는 일이 모두 다 식후에 담배 한 대 꼬나무는 재미로 산다. 담배 없이 한날 한시도 견디지 못하는 골초라면서, 정작 담배의 종자가 어떻게 생겼는지 알지 못한다. 그 잎의 은혜를 입고 그 근본을 모르다니, 사람의 도리가 아니다. 그 씨앗은 먼지보다 조금 크고 참외씨보다 훨씬 작다. 조물주의 조화가 아니면, 담배씨로 뒤웅박을 팔 수 없다. 얼마나 작은가, 시골 아낙네가 부르던 담바구타령의 익살이 놀랍다.

> 모시야 적삼 안섶 안에
> 연적 같은 저 젖 보소.
> 담배씨만치만 보고 가소
> 많이 보면 병납니다.
>   • 전북 여산지방 민요

복숭아 모양의 연적 같은 가슴을 담배씨만큼 보라고 한다. 겨자씨만치 보았다간 탈이 난다. 담배를 상사초라 하던가. 솜털처럼 작은 씨앗의 부피를 순간에 빗댄 재치가 놀랄 만하다. 보이는 사물을 안 보이는 시간으로 바꿔놓았다. 처녀 가슴을 담배씨만치 보는 찰나는 아주 짧은 시간이다. 그것은 전자시계로도 젤 수 없다. 이렇게 작은 씨가 움이 트고 잎이 되고, 그 잎이 연초가 되어 온 우주를 덮는다. 실로 한 초목의 장대함을 견줄 데 바이 없다.

술과 밥, 담배 가운데 부득이 꼭 버려야 할

것이 있다면 무엇을 먼저 버리겠소?

밥을 버려야지요.

술과 담배 중에서 버려야 할 것이

있다면 무엇을 먼저 버리겠소?

술을 버려야지요.

수리를 버려야지요.

담배를 하루라도 없을 수 없소.

이옥의 《연경》 말씀?

담배의 근본은 이러한내, 이 나라에 들어 온 연초의 족보도 따져보아야 하겠다. 담배를 왜초倭草라던 기록이 있으니, 필시 임란 때 쳐들어온 섬사람들이 엽초葉草를 흘리고 간 듯하다. 서초西草라고도 하였으니, 서양에서 대륙을 거쳐 들어오기도 했겠다. 조선조가 기울어질 무렵, 일본 장사치들이 이 땅에 담바고淡婆姑를 몽땅 퍼 안겨주었다. 사직의 운명이 서산마루에 걸려 있는데, 그때도 조정에서는 싸움박질만 하고 있었으니, 백성은 석탄 백탄 타는 가슴을 담배 연기로 달랬다.

팔도강산이 연파煙波 자욱한 틈에 왜인들은 조선 엽전을 몽땅 쓸어가 버렸다. 왕조가 일본 빚을 고슴도치처럼 짊어지자, 상감을 비롯하여 만백성이 담뱃대를 꺾어버리고 모은 돈으로 나라의 빚을 갚고자 일어섰다. 어디 될 말인가. 이내 조선왕조는 연기처럼 사라졌다.

세상이 바뀌어, 담배 끊고 나라 찾자는 시대는 거하고, 담배 끊고 장수하자는 시대가 내하였다. 얼마 전 한·일월드컵이 한창이던 무렵이었다. 다 큰 어른들이 애들처럼 공이나 찰 일이지, 아무 죄 없는 애연가들을 마구 차고 짓눌렀다. 담배를 물고 TV 보기가 무서웠다. 켜기만 하면 흡연자들을 닦달질했다. 한 발을 저승에 딛고 있는 이주일 코미디 황제가 나와서 생야단을 쳤다. 흡연은 허파를 연탄으로 만든다고 하였다. 담배는 임산부와 청소년에게 독초나 진배없다고 겁을 주었다. 흡연자는 10년은 먼저 간다고도 하였다. 아무리 타일러도 황제 폐하의 감언이설에 속아 넘어간 애연가는 별로 없었다. 장수하자는 자 많으나 금연하는 자 적다. 그 까닭은 모르다가도 알 일이다. 속세의 인간들은 안 좋은 일, 나쁜 짓은 더 기를 쓰고 하려는 본성이 있기 때문이다.

담배를 세상에서 몰아내는 방책은 없는가. 하나도 어려운 일이 아니다. 흡연의 피해를 강조하지 말고 끽연의 장점을 홍보하면 된다. 죽마고우 친구를 배신하고 조강지처노 영감님을 냉대한다. 담배는 일편단심 영원히 변절하지 않는다. 천만 가지 근심걱정 담배 한 모금에 사라진다. 연아일체煙我一體의 선경仙境이 따로 없다. 연초는 죽은 사람도 살리는 반혼초返魂草다. 담배는 지겨운 인생의 위안자요 반려자다. 담배를 피우면 구멍가게 할머니에게 적선이 되고 연초공장 가족들을 돕는 일이다. 담배 먹고 내는 세금, 나라 살림 좌우한다. 흡연은 곧 애국이다. 술·담배 참아 소 샀더니 호랑이가 물어 간다. 흡연자들은 이 좋은 세상을 일찍 떠나주어서, 이웃 사람들이 복지혜택을 더 누리게 한다. 흡연이 이렇듯이 선행이요 덕행이라는 진리를 깨치면, 아무리 천하의 왕골초라도 당장 금연을 단행할 것이다. 속세의 인간들은 대체로 좋은 일, 착한 일은 더 악을 쓰고 하지 않으려 들기 때문이다. 금연천하를 만드는 일이 이렇게도 쉽고 빠르다.

• 2004

돈은 돌고 돌아야지

 옛날 조선 양반이 쓰던 엽전 모양이 동글납작하고, 요새 대한민국 시민이 쓰는 동전도 동글반반하다. 고것이 동글동글 돌아다니려면 그 모양새가 둥글어야 마땅하다. 말을 연구하는 학자들이 뭐라든, 돌고 돈다고 해서 돈을 돈이라고 한다. 그러니까 돈이 동서남북 상하귀천 어디나 찾아다녀야 돈이지, 한쪽에만 몰려 있거나 고대광실에만 고여 있으면 돈이 아니다. 지당한 말씀이다.

그러나 애들도 돈이 돌아다닌다고 여기지 않고 돈이 돈다는 말인즉 달동네 사람들의 소망사항일 뿐이다. 무엇인가 분명 돌아다니기는 하는데, 있는 사람의 통장에서 있는 사람의 통장으로 돌다가 은행에 둥지를 틀고, 없는 사람의 개호주머니에서 없는 사람의 개호주머니로는 도통 먼지나 왕래할까, 돌고 자실 것이 없으니 말이다. 흥부, 박 속에서 금은보화가 쏟아지자, '너 참 본 지 오래다' 하고 좋아서 춤을 추는데, 제비가 아무나 박씨를 물어다 주지 않는다. 기차정거장 대합실에서 새우잠을 자는 노숙자가 십억짜리 복권을 맞히기는 매우 어렵다. 가진 자는 돈 주체를 못 하고 못 가진 자는 하늘을 원망한다. 가난한 사람을 탓할 일이 아니지만, 많이 가진 자를 비난해서도 안 된다.

가난하게 살기는 어렵지 않으나 부자로 살기는 대단히 어렵다. 위대한 인간은 쉬운 일을 하는 사람이 아니라 어려운 일을 해내는 사람이다. 세상에 어려운 일은 남의 지갑에 있는 돈을 내 지갑에 옮겨오는 일이다. 돈을 마다하는 자 누가 있으며 부자 되기를 싫어하는 자 누가 있는가. 돈의 힘은 전지전능하다. 보이지 않는 신은 멀리 계시고 눈앞에 있는 신이 바로 돈이다. 지금도 돈을 돈님이라 받드는 할아버지가 계신다.

돈이 없으면 멀쩡한 사람이라도 문둥이가 된다. 아무개가 돈을 꾸러 다닌다는 소문이 나면, 그 집 문전에 일가친척 발길이 끊기고 친구도 피해 간다. 있어만 보아라. 여기저기서 조석으로 문안을 하고, 만주 벌판 까마귀 떼처럼 친구와 일가친척이 문전성시를 이룬다. 돈이면 안 열리는 문이 없다. 사랑도 명예도 권세도 돈이 다 해낸다. 돈 앞에 무릎을 꿇지 않는 자는 없다.

돈 이야기가 나오면 송장도 곤두선다. 돈이면 도깨비도 부려 먹을 수 있다. 돈이 곁에 있으면 귀신도 눈웃음을 친다. 돈 냄새가 나면 돌부처도 돌아본다. 돈을 보면 장님도 눈을 뜬다. 삼백 석이 없었으면 심봉사는 평생 장님 신세였을 것이다. 돈이 없으면 정이 떨어진다. 떼어먹은 친구에게 정이 갈 리 없다. 많이만 주면 처녀 불알도 살 수가 있다. 노잣돈이 없으면 저승에도 가지 못하고 혼백이 구천에 떠돈다.

신선이 다 된 줄 알았던 천상병千祥炳 시인도 속세를 초탈하지 못하고 저 세상에 갔다.

아버지 어머니는
고향 산소에 있고,

외톨배기 나는
서울에 있고,

형과 누이들은
부산에 있는데,

여비가 없으니,
나는 가지 못한다.

저승 가는 데도
여비가 든다면,

有金櫃 無世錢
금의 빛나나 돈이 없다

나는 영영

가지도 못하나,

생각느니,

아, 인생은 얼마나 깊은 것인가.

• 「소릉조」小陵調

    가난한 시인은 노자가 없어 성묘를 못 하고 나라 안에 사는 형제자매를 찾아 갈 여비도 없다. 마침내 저승 가는 여비 걱정이 태산이다. '깊은 인생'이란 어마어마한 철학이 아니라 없는 자의 넋두리다. 천 시인은 황금을 찬양하지 아니했으나 그렇다고 재물을 천시하지도 않았다. 돈에 대한 험담이나 악담은 돈을 못 가진 자의 푸념이다. 돈과 티끌은 쌓일수록 더럽다고 하지만, 더러워도 좋으니 제발 쌓여나 보았으면 한이 없다. 돈은 모든 악의 근원이라는 말은 억만장자의 입에서 나온 말씀이 아니다. 돈이 인간의 불행을 만든다는 말도 그것은 어디까지나 남을 두고 한 말이다. 돈은 행복의 원천이다. 부자가 되면 번뇌와 갈등이 많아진다는 말은 한 푼도 없는 사람이 시샘하는 말이다. 잘사는 사람은 지옥에 가고 못사는 사람은 천당에 가지 않는다. 부자는 악인이고 빈자는 선인이 아니다. 많이 가지는 것이 미덕은 아니지만, 적게 가지는 것도 선행이 될 수 없다. 돈이 많으면 화가 된다고 하나 돈이 아주 없으면 정말로 화가 닥쳐온다. 돈은 영혼의 파괴자가 아니라 인격을 지탱해주는 대들보다. 돈한테 침 뱉는 사람은 은행에서 돈 세는 사람뿐이다. 사람 나고 돈 난 게 아니라 돈 나고 사람 났다.

돈 없는 자, 벌 수도 없는 자, 없으면 훔치지도 못하고 빼앗지도 못하는 자, 아무리 찾아도 그놈의 돈이 찾아오지 않는 자에게 돈이란 실로 철천지원수가 아닐 수 없다. 없는 자에게 돈은 철천지한徹天之恨이다. 돈 원수를 갚으려면 돈이 있어야 갚거나 말거나 할 터인데, 돈 구경을 할 수 없으니 원수를 갚을 길이 바이없다.

이러니, 가진 자 더 가지려고 기를 쓰고 없는 자 돈 구경이라도 하려고 아웅다웅하게 마련이다. 그저 눈을 뜨고 있거나 감고 있거나 생각은 오로지 돈이요, 돈을 떠나서는 한시도 한가할 틈이 없다.

돈을 많이 받고 연구한 어느 학자의 설에 따르면, 사람이 깨어 있을 때 생각하는 80퍼센트가 금전과 관계된 것이라고 한다. 부자나 빈자나 황금의 노예가 되어 있다. '있는 사람은 있는 대로 살고, 없는 사람은 없는 대로 산다'는 가사는 유행가일 뿐이다. 세상 사람은 너나 없이 있는 대로 살기 위하여 총궐기한 요지경속이다.

애당초 엽전을 둥글게 만들었으니 모두 다 둥글둥글 나눠써야 하는데, 언젠가 종이돈이 나타나더니 세상이 온통 모가 나게 되었다. 황금만능주의 시대, 천민자본주의 세계에서 없는 사람의 괴로움이 태산보다 높고 서해보다 깊어졌다. 세계 3차대전은 필시 없는 자와 가진 자의 전쟁이 될 것이다.

• 2001

영장靈長과 견공犬公

칠천만 국민이 다 아는 얘기지만, 마지막까지 읽어본 독자가 거의 없는 옛소설이 있다. 무엇인고 하니 그것이 『흥부전』이다. 이 소설은 단군 이래, 조선 사람의 웃음이란 웃음은 죄 모아놓은 웃음보따리라 할 만하다. 놀부와 흥부가 환생하여 나타난다면, 배삼룡이도 이주일이도 결단코 코미디 황제가 되지 못했을 것이다.

　『흥부전』은 두 형제와 권속이 벌이는 익살의 경연장이다. 지리산 정기를 같이 타고났지만, 놀부의 웃기기와 흥부의 웃기기는 매우 다르다. 잘 먹고 잘사는 흥부는 웃을 자격이 있다. 오장육부 곁에 하나 더 돋친 놀부의 장기 주머니만한 심술보가 부리는 익살은 기상천외하다. 그러나 흥부는 웃을 처지가 못 된다. 하루 한 끼를 못 먹는 처지에 애시당초 웃을 일이 없다. 사람 먹을 것이 없으니 부엌에서 서성거리는 쥐새끼들도 굶기는 마찬가지다. '새앙쥐 쌀알갱이를 얻으려고 밤낮 열사흘을 바삐 돌아다니다가 다리에 가래톳이 나서, 종기가 터져 않는 소리

동네방네를 떠들썩하게 하니 어찌 아니 슬프랴'고 독자의 눈물 샘을 자극한다. 우리는 슬프기는커녕 웃음종기가 터지게 된다.

서생원이 가래톳이 나게 헤매어도 보리 한 톨 줍지 못하는 홍부 집에 밤농사는 해마다 풍년이어서, 그 많은 녀석들은 자나깨나 먹자타령을 늘어놓으니 가관이다. 탕국에 국수 말아먹자는 놈, 전골에 달걀 풀어먹자는 녀석, 대추시루떡에 검정콩 좀 놓아먹자는 자식이 덩달아 나서는데, 한 녀석이 '애고 어머니, 나는 개장국에 흰밥 좀 말아 먹었으면' 하고 투정을 부린다. 시루떡에 노란 콩은 안 되고 개장국에 보리밥이 아니라 쌀밥을 말아 먹겠다는 말씀이다. 홍부 아들놈들이 발산하는 울음 속의 웃음이야말로 천하일품의 익살이라 하겠다.

박덩이가 점지한 금은보화로 홍부가 부귀영화를 누리게 되자, 그 아들놈이 개장국을 먹었는지, 삼시세때 암소갈비를 뜯었는지, 소설에는 나타나 있지 않다. 그렇지만, 홍부 아들놈의 소원은 이제야 바야흐로 이뤄지게 되었다. 새마을운동을 잘하여 대한민국의 온 국민이 중국에서 들여온 개장국에 미국 캘리포니아 산 흰 쌀밥을 말아먹게 되었으니, 이는 오로지 홍부일가의 음덕이라 하겠다. 지나치면 탈이다. 이런 소문이 오대양 육대륙에 퍼져서, 서양사람들이 심심하면 이따금 우리를 보고 보신탕 먹는 야만족이라고 손가락질하지만, 그건 뭘 모르고 하는 소리다. 우리는 견공犬公을 좋아하는 경지를 넘어 인견일체人犬

一體의 평등한 세상에서 견인지정犬人之情을 나누며 살고 있다. 이 여름철에, 인간이 견공이 되고 견공이 인간이 된 흰소리로 더위나 시켜볼까 한다.

어느 구질구질한 음식점에 여남은 손님이 들어섰다. 여기서는 온갖 음식을 파는데, 보신탕이 맛좋기로 소문이 났다. 손님들이 자리를 잡자, 주인장이 치부책을 들고 나타났다.

"개 아닌 분 없지요?"

손님들은 일제히 왕왕거렸다.

"없소."

어떤 친구는 한 술 더 떴다.

"이 더위에 개 아닌 놈이 어딨어!"

주인영감이 손님들에게 던진 주문이 무례하기 짝이 없다. 초면에 들입다 손님더러 개라니, 그 장사 이골이 나고 보니 손님들이 모두 개로 보였던 모양이다. 객들도 보신에 골몰하여 멍멍이가 되어도 아무렇지 않다. 요기를 하러 왔다가 개 대접을 받는 만물의 영장靈長이 견공의 대접을 받는 일이 예나 오늘이나 흔하고 많다. 옛적 이런 얘기도 있다.

갑자기 소나기가 쏟아지는 날이었다. 한 나그네가 길가 약방 처마 밑에서 비를 긋고 있었다. 잠시 있으니 빗발이 드물어지고 볕이 나려고 하였다. 그때 방안에 있던 노인이 내다보고 길손더러 말하였다.

"개건 가지."

이 말을 듣자, 이 텁수룩한 나그네는 방안을 휘둘러보면서 대꾸하였다.

"다 개니 가야겠군."

방안 사람들이나 떠나는 이나 모두 개가 된다. 비가 갰다는 말이지 개 같은 사람이라고 하지는 않았다. 다 같이 개 대접을 받았으나 성을 내는 사람이 있을 리 없다. 남을 개라고 했다가 자기가 개가 되었기 때문이다. 같은 소리가 다른 뜻을 나타내는 말장난이라 하겠다.

앞에 보인 두 이야기는 개와 사람이 하나가 된 우스개다. 흥부 아들놈은 개장국에 쌀밥을 말아먹고 싶다고 했을 뿐이지, 사람을 개로 대접하거나 개를 사람으로 대접하지 아니했다. 흥부의 후예들은 사람이 개인지, 개가 사람인지 모를 지경에 이르렀다. 말이 씨가 되어, 요새는 개를 끌어다가 섞지 않으면 말을 못하는 사람이 많다. 개가 사람의 대명사가 되었다. 개 같은 놈이라고 하면 사람이 개가 된다. 개팔자라고 하면 개와 사람을 싸잡아 멸시하는 말이다. 개만도 못하다고 하면 견공이 인간보다 우위에 있다. 견공을 상전 모시듯하는 서구인들은 이런 논의가 가소로울까? 동양의 보신탕 문화를 비방하는 서양인들은 만물의 영장인가. 그렇지 않다.

서양 열강들이 미국 땅과 아프리카 땅과 동양 땅에서 땅빼앗아먹기 경쟁을 벌였다. 중국 상해는 조각을 내서 서로 차지하고 있었다. 도적들이 공원을 만들고 입구에 '이 공원에 중국인과 개는 들어오지 마라'고 푯말을 꽂았다. 그렇다면 견공의 나라를 침입한 백정들은 개만도 못한 족속들이다. 그 개반노 못한 도적떼들이 지금껏 세계를 지배하고 있으니 세상이 온통 개 짖는 소리로 시끄럽다. 서양사람 못 되어서 한이 맺힌 이웃 섬사람들도 한때 개망나니짓을 하였다.

조선조가 운명을 다할 때였다. 영국의 기자 베텔이 일제의 만행을 보고 분노하여 서울에 와서 대한매일신보사를 거들었다. 붓끝으로 일본 칼을 꺾으려 하였다. 그 신문사에 현수막을 내걸었다. '왜놈과 개는 출입금지'라고. 베텔은 일본인과 견공을 동렬에 올려놓았다. 그러나 영국신사는 일본을 높이 대접한 실수를 범하였다. 견공들은 남의 나라를 빼앗고 그 백성의 생명을 앗아가는 못된 짓은 하지 않는다. 영장靈長의 허울을 쓴 견공犬公들이야말로 두렵고 사나운 짐승이다. 이들은 복날이 무슨 날인지도 모른다.

• 2001

3

부드러운 웃음, 사나운 웃음

"우리가 웃는 곁에 울음이 같이 있고 울음의 바닥에 웃음이 깔려 있다. 너무 좋아
서 울고 너무 슬퍼도 웃는다. 우는 것이 웃는 것이고 웃는 것이 우는 것이다. 세상
만사 새옹지마다. 웃음과 울음, 행복과 불행, 희극과 비극은 따로 있지 않다. (…)
웃다에서 시옷을 버리고 울다에서 리을을 떼어내면 우다가 된다. 애당초 '우다'에
서 울다와 웃다가 파생되었다. 한 낱말이 인간의 두 갈래 극한 감정을 아울러 지
니고 있는 단어는 온 세상 어느 나라의 말에도 없다." • 「웃다가 울고 울다가 웃다」에서

옥을 옥이라 하길래

송강松江은 말술을 마다 않는 천하 호걸,「관동별곡」과 「사미인곡」을 지은 대문장가, 선조대왕의 총애를 누린 중신이며 임진왜란을 치른 충신이었다.

송강의 일생은 순풍에 띄운 배는 아니었다. 그는 서인의 우두머리로 당쟁의 소용돌이에 휩쓸렸다. 높은 벼슬자리에 있다간 쫓겨나고, 성은이 망극하외다 하면서 입궐했다간 귀양 길에 올랐다. 파란만장한 생애였다.

송강 정철鄭澈이 강화江華 적소謫所에 머물던 때였다. 호호탕탕한 성품, 천하의 대문호가 있는 곳에, 시를 읊고 가야금을 타고 노래 잘하는 천하일색 여인이 기다리고 있었다. 진옥眞玉이다. 정말 옥같이 아름다운 기생이었다. 익히 마음속으로 우러러 뫼시던 정철이 강화섬에서 외로이 계시다는 소문을 듣고, 어느 날 밤 진옥이 송강의 방문을 두드리게 되었다.

비록 반백半白이 된 노송老松이지만, 하늘에서 금방 내려온 절

173

세가인을 보니 황홀한 마음 주체할 수 없었다. 얼이 빠지고 넋을 잃었다. 송강이 즉흥시조 한 수를 읊어서 그 마음을 건네는데, 실로 밝은 낮의 송강과 어둔 밤의 송강이 달라지길 하늘과 땅 차이것다. 요즘말로 고쳐 써보건대, 옥玉은 기생 진옥을 비유하고, 철鐵은 정철을 가리킨다고 보면 되겠다.

옥을 옥이라 하길래 사람이 만든 '가짜 옥'矯玉으로만 여겼더니,

이제야 자세 보니 반옥이 아니고 참옥眞玉일시 분명하다.

나에게 살송곳男根이 있으니 뚫어볼까 하노라.

영웅호걸이 괜히 호걸영웅인가. 주색에도 남다르다. 송강도 기생 진옥의 명성을 듣고 있었다. 섬사람들이 주절대는 허풍으로 알고 거들떠보지 않았다. 그런데 오늘밤 만나보니 옥 중의 옥, 진짜 옥이라는 감탄의 노래다.

앞장에서는 체면을 차리는 양반의 티를 냈는데, 종장에서 얌전한 개 부뚜막에 오르는 격이 된다. 송강은 넋을 잃고 사대부의 체통이고 나발이고 다 팽개쳐버린다. 세상에 쇠로 만든 송곳은 있어도, 살덩이로 만든 송곳은 무엇이며, 살송곳으로 무엇을 뚫겠다는 말인지, 야밤 송강의 본색이 완연하다.

진옥의 화답시는 더 놀랍다. 망측한 영감이라고 무안을 주지

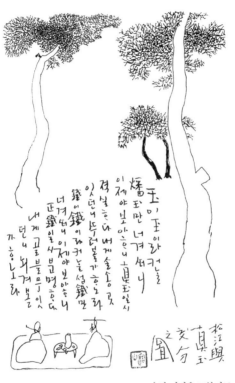

송강 여진옥 교분지도

않는다. 이만한 일에 뾰로통할 여인이 아니다. 노인네 애간장이 다 타게 되받아 녹이는데, 송강의 즉흥시에 맞춘 대구가 절창이다.

쇠鐵=澈가 쇠라 하길래 불순한 섭철로만 여겼더니,

이제 자세 보니 섭철이 아니라 '진짜 쇠'正鐵=鄭澈임에 틀림없구나.

내게 골풀무女根가 있으니 녹여볼까 하노라.

기생 진옥이 요새 여자라면, 주부 백일장에서 장원 시인이 될 만하다. 옥은 쇠로, 반옥은 섭철로, 진옥은 정철로 화답하고 있다. 사나이 부뚜막에 오르는데 계집이 맹숭거릴 수 있는가. 살송곳을 풀무 속에 넣고 녹여버리겠다고 한술 더 뜬다. 말하자면, 쇠로 만든 거시기를 옥으로 만든 용광로에 담그겠다니 기가 찰 노릇이다. 배꼽에 보험을 들지 않고는 웃을 수가 없다. 동서고금에 이렇게 뜨거운 사랑이 없다.

정철은 놀란다. 섬에서 웃음이나 파는 한낱 여인이 즉석에서 구구절절 화창和唱하는 시구는 그의 탄성을 자아낸다. 그녀는 정녕 보기에도 아까운 절세가인이었다. 허나 이 여인에 관한 기록은 거의 없다. 강화의 명기, 송강의 첩이었다는 간단한 기록이 있을 뿐이다.

송강은 환갑 전에 세상을 떠났지만 행복한 장부였다. 삼공三公을 지내고 만고의 명문을 남기고 천하일색 기녀를 첩으로 거느렸으니 말이다. 온 세상 못난 남성들이 부러워하는 온갖 영화를 다 누렸다 하겠다. 부뚜막에 올라도 사람 나름이다. 송강과 진옥은 부뚜막이 아니라 우화등선 무지개 위에 올랐다.

• 2006

당우를 어제 본 듯

기생妓生을 기생이라 하니 무슨 기생으로만 여기는가. 설마하니 요사이 남정네 곁에 앉아 술상 다리 젓가락으로 모질게 패면서, '돌아와요 부산항'을 악쓰며 부르고 웃음이나 파는 꽃이 아니고, 곧 죽어도 어여쁘고 풍류를 두루 갖춘 여인들이었다.

신분을 따지면 영락없는 천민이지만, 기생이 상대하는 남성은 한량, 선비, 왕후장상王侯將相, 아니 섬기는 데가 없었다. 그러니 노래 잘하고 춤 잘 추고 거문고 잘 퉁기고 이따금 즉흥시를 읊기도 하였다. 우리 문학의 유산은 기녀妓女가 지은 시가가 있어 더욱 풍부해졌다. 얼굴만 반반해도 소갈머리 없는 사내들은 사족을 못 쓰는데, 예쁘지, 거기다가 교양 있지, 시쳇말로 매너가 있어 왕의 총애를 받는 기생이 허다하였다.

성종조 영흥永興 출신 소춘풍笑春風이 바로 그 명기名妓 중에 명기였다. 대왕이 나라를 호령하였다면 소춘풍은 상감을 손바닥에 올려놓고 있었다. 성종은 궁중 연회를 자주 베풀고 그때마다 이 기생을 부르고 임금의 금 술잔을 문무백관에게 두루 돌리게 하였다. 임금님이 보살펴주는 판에 소춘풍은 안하무인 감히 하지 못할 일이 없었다. 바야흐로 문관과 무관을 방자하게 희롱하고 조롱하기에 이르렀다.

소춘풍이 술잔을 돌리는데 무신을 건너뛰어 문신에게만 연해 따랐다. 무신들은 안주 보고 침만 꼴깍거리는데, 한술 더 떠서 이 기생은 무신을 모멸하는 시조를 능청스럽게 읊는 것이 아닌가.

당우唐虞: 태평시절를 어제 본 듯 한당송漢唐宋: 큰 나라들을 오늘 본 듯,

통고금通古今: 고금을 통해 달사리達事理: 사리에 통달하는하는 명철사明哲士: 명석한 문신를 마다하고,

저 설 데 역력히 모르는 무부武夫: 무사를 어이 좇으리.

처음에는 대왕을 치켜세우고 중장에서는 문신을 칭찬하고서 종장에서는 아무 죄 없이 술잔 돌아오기나 기다리는 무신을 마구 멸시하였다. 어느 나라 군대라면 탱크에 시동을 걸 일이다. 상감은 너털웃음일 터이고 문신은 눈웃음일 터이고 무신은 우거지상일시 분명하다. 이 눈치를 챈 소춘풍은 이제는 문신을 조소하리라 마음먹고 잔 들고 무신 앞에 나가서,

전언前言: 앞서 부른 노래은 희지이戱之耳: 웃자고 한 말라 내 말씀 허물 마오.

문무일체文武一體인 줄 나도 잠간 아옵거니,

두어라, 규규무부赳赳武夫: 씩씩한 무신를 아니 좇고 어쩌리.

라고 불렀다. 먼저 부른 시조는 농담이라니, 눈웃음치던 문신의 눈썹이 여덟 팔자로 바뀌고, 게다가 문신과 무신이 한결같은 줄 알면서도 용맹스러운 무신을 따르겠다니, 문신들의 미간이 찌푸려지고 눈썹이 곤두서서 내 천川자가 되었다.

술자리를 즐겁게 하는 일이 기생의 소임이지만, 여기도 따르고 저기도 붙겠다니 괘씸하기 짝이 없다. 그러나 일개 여인의 시 한 수로 울다 웃다가 하는 만조백관滿朝百官도 한심하다.

문신과 무신을 노래하였으니, 이제 간에 붙고 쓸개에 붙는 기녀 자신의 처지를 하소연해야겠다. 소춘풍의 이 세 번째 노래는 상감과 여러 신하들이 한데 어우러진 웃음판을 만든다.

제齊나라도 큰 나라요 초楚나라도 또한 큰 나라라.

조그만 등藤나라가 제나라 초나라 사이에 끼였으니,

두어라, 둘 다 좋으니 제도 섬기고 초도 섬기리라.

문무가 다 위대하다. 한갓 여인으로 둘 다 섬기는 처지를 간

어제초^{間於齊楚}라는 중국고사를 끌어다가 노래하였다.

상감도 웃고 문관도 허리가 꺾어지고, 무관도 배꼽을 잡고 소춘풍도 깔깔대고, 궁정에 서성이던 아랫것들도 박장대소하였다. 소춘풍의 해학·풍자·기지가 가히 천재적이다. 기지機智는 이지적 웃음이며 악의 없는 지적인 언어의 속임수다. 막다른 순간에 문득 나타나는 지혜, 그 지혜에서 웃음을 자아내는 거짓말이 나올 때, 그것은 바로 위트가 된다. 한국인은 이 재치를 잘 부리고 서로 즐겼다

• 2008

미욱한 시골 총각

 언젠가, 서정주 시백이 "우리 시가 맛이 없어졌다"고 개탄한 적이 있다. 맛이 간 글을 독자들이 좋아할 리가 없다.

맛을 내려면 장 치고 초를 쳐야 감칠맛이 난다. 무미건조한 시조 음식에는 무슨 양념을 얹어야 할까? 웃음과 익살의 조미료가 맛을 내는 하나의 요리법이 될 듯하다. 풍자·반어·기지가 반짝거리는 해학적 창작방식이 시조문학을 더 맛있게 할 수 있겠다. 얌전한 시조 작가는 많지만 익살스러운 시조를 읊는 작가는 드물다.

미욱한 시골 총각
영화 구경 갔습네.
미인 옷 벗을 제
기차 지나 갔습네.

이튿날 다시 가 봐도

차는 가고 있었네.

• 「긴 기차」

무주 구천동에 모처럼 활동사진이 들어왔다. 밤이 이슥해지자 강변 잔디밭에 흰 포장을 내려뜨리고 활동사진을 돌리기 시작하였다. 화면에 하이칼라 여인이 나타났다. 그 미인이 치마를 막 벗으려는데, 희필이면 기차가 시나가버렸다.

한 떠꺼머리총각은 밤이 되면 미녀의 나체를 보려고 육장 영화를 보았다. 설마 오늘밤에야 기차가 나타나지 않겠지. 그놈의 철마鐵馬는 밤이면 밤마다 그때만 되면 해코지를 하였다. 그 총각은 한이 맺혀서 죽을 때까지 기차를 타지 않았다.

꼽재기 하나가 있었다. 진주꼽재기도 혀를 차는 지독스런 자린고비였다. 먹는 것도 아까워 굶어 죽을 판이었다. 곡간이 굶는 것이 싫어서 안 먹고 안 입고 안 쓰고 살려고 작정하였다. 아무리 더워도 부챗살이 상할까 봐 부채에 대고 얼굴을 저었다. 옷소매가 닳지 않게 허수아비처럼 양팔을 들고 걸었다. 추운 겨울에도 신발을 들고 다니다가 행인이나 만나야 얼핏 신고 걷는 시늉을 하였다. 신을 신었으면 됐지, 버선을 뭣땜에 신겠는가. 이 노랑이는 널 값이 무서워 죽지 못하고 오래오래 살았다.

06. 7
BOGAN

버선을 신지 않고
남의 집에 갔다가,

개에게 발을 물려
흐르는 피 닦으며,

버선을 신었더라면
찢이길 뻔 인 했나.
  • 「구두쇠」

　「긴 기차」와 「구두쇠」는 시조시단의 원로 장순하張諄河의 해
학시조다. 작가는 이처럼 익살스러운 시를 경시조經時調라 한
다. 해학시조든 경시조든 익살이 대단하다. 시조라면 포은圃隱
의 「단심가」丹心歌를 떠올리고 가람의 「난」蘭을 생각하는 독자
는 조금 놀랄 것이다. 시조를 지을 때는 목욕재계하고 의관 갖
추고 책상 앞에서 참선하는 도사처럼 붓을 드는 시인도 놀랄
것이다. 얌전을 빼는 시조작품은 흔해빠진 상은 탈는지 모르지
만, 독자에게는 소태나무 씹는 맛이다. 글은 먼저 재미가 있어
야 한다. 해학미는 모든 사람의 공통감정이다.
  • 2007

너 죽고 나 죽고

해학은 매부 좋고 누이 좋은 웃음의 합창이다. 그러나 세상이 온통 너나없이 웃을 일만 있다면 오죽이나 좋으랴? 세상에는 웃을 일보다 울 일이 더 많다. 인생을 고해^{苦海}라 한다. 만천하에 삿대질을 해대고 욕설을 퍼부을 일이 널려 있다. 산속 골짜기마다 절간이 있고 도시에 십자가가 그렇게 많아도, 이 세상은 해학의 세상이 아니고 풍자의 세상이다. 풍자는 비뚤어진 사람과 세상을 비꼬는 행위다.

풍자문학은 사회참여문학이다. 풍자의 대상은 벼슬아치와 종교인이 단골이다. 사설시조에 등장하는 스님은 열이면 아홉이 파계승이다. 옛날의 사대부는 말할 것이 없고 오늘날의 위정자 역시 백년하청^{百年河淸}이다. 백성 손으로 뽑은 대통령이나 국회의원이 몹쓸 짓을 하면, 오천만 동포는 먹은 밥을 삭힐 수가 없다. 소화제 만드는 회사하고 의원나리하고 짜고 치는 고스톱을 한다. 얼마 전 TV에 나와서 의원나리를 꼬아대는 익살꾼이 있었는데 그 우스개의 원산지는 독일이다.

국회의원들이 버스를 타고 관광길에 올랐다. 다리를 건너던 차가 그만 난간을 들이받고 떨어져서 모래밭에 곤두박질을 하였다. 지나가던 농부가 삽으로 모래를 퍼서 버스를 묻기 시작하였다. 다리 위에서 구경하던 사람들이 물었다.

"살아 있는 사람이 없어요?"

삽질을 하던 농부가 대답하였다.

"그렇잖아도 살려달라는 소리가 들리던데, 국회의원들이라 당최 믿을 수가 있어야지요."

비꼬는 웃음이 지나치면 거칠고 사나운 웃음이 된다. 벼슬아치의 주검을 앞에 두고 웃는 웃음은 기가 차서 웃는 웃음이다. 여의도의 둥근 지붕 밑에서 눈뜨면 싸움질만 하는 국회의원을 풍자하는 골계시조도 있다.

편 갈라 앉고 나면 아양 떨다 방귀 뀌고,

콩이요 팥이요 하다 장군이면 멍군하고,

막판에 주먹다짐에 독설들이 신난다.

• 「어느 나라 의사당」

편을 짜서 서로 나랏일을 하려고 다퉈야 옳다. 실속 없이 백성에게 아양을 떨어서는 안 된다. 어젯밤에 밥을 먹었는지 술을 마셨는지 뇌물을 자셨는지 방귀 소리 요란하다. 도둑방귀 뀐 자 탈이 없고, 대포방귀 뀐 자 다음날 신문을 대문짝만하게 장식한다. 콩·팥을 가릴 줄도 모르면서 장군·멍군 욕설을 퍼붓다가, 마침내 의사당을 싸움판으로 만들어 세계만방에 국위를 선양한다.

　　너 죽고 내가 죽고 이판사판 정치판.

　　주먹다짐 개판에다 먹살잡이 난장판.

　　줄줄이

　　죽을 판이다.

　　개코 같은 선량판.

　　•「정치판」

웬 판이 물경 여덟 판이다. 선량選良판이 벌이는 정치판이 살판이 아니라, 이판사판·난장판·개판이고 죽을 판이다. 너 죽고 나 살자가 아니다. 너 죽고 나도 죽는다니 대견하고 선량답다. 먹살 잡고 이판사판·개판이라 할지라도, 백성과 나라를 위하는 선량판이라면 선량들을 견공犬公에 비유했을까. 이 나라가 줄줄이 무너질지도 모르는 종말을 예단하고 있다. 실로 풍자의 극단을 보여주는 시조다.

「어느 나라 의사당」과 「정치판」은 시조문단의 대가 유성규柳聖圭의 풍자시조다. 입이 걸기로 알아모시는 유 시백은 거센 감정이 들끓고 풍자의 서슬이 퍼런 시조를 쓴 작가로 거의 독보적이라 할 만하다. 한량 시인들이 세상만사 이런들 어떠하며 저런들 어떠하리, 인간지사 일장춘몽이라, 희희喜喜하고 낙락樂樂 웃고 살자 여긴다면, 유 시백은 나라의 기둥이 흔들리고 지구의 종말이 닥쳐오는데, 필쟁을 끼고 낯이나 보고 떡이나 얻어먹을 수 없다고 독야청청하다.

• 2007

술 있고 안주 없거들랑

 조선조의 운명이 서산마루에 걸려 있었다. 세상은 어둠에 잠기고 백성은 길을 잃었다. 작은 일을 그르치거나 집안이 거덜난 것이 아니라 나라가 망할 지경이었다. 산천도 흐느끼고 이천만은 땅을 치며 통곡하였다. 온 누리는 울음바다를 이루었다.

웃음이 있을 수 없었다. 있다면 기막힌 웃음, 허탈한 웃음, 넋나간 웃음뿐이었다. 비꼬는 웃음, 차가운 웃음, 폭로하고 고발하는 웃음이 판을 쳤다. 부드러운 해학의 미소는 사라지고 사나운 풍자의 비웃음이 판을 쳤다.

국가 존망의 시대에 나타난 풍자문학은 애국심을 일깨우고 일제를 징벌하는 작품이 대부분이다. 풍자는 사회성을 띠고 정치성을 반영하며, 교훈성이 강한 웃음이다. 당시의 풍자문학 가운데 시조에 담겨 있는 웃음소리를 들어보면, 나라는 망했지만 겨레의 얼은 살아서 꿈틀거린다.

자느냐 조느냐 주중지인舟中之人이 모두 다 자느냐.

창해 풍파에 키 떠나가고 밑 없는 일시 침몰이 경각에 있다.

하물며 흉악하다 저 고래는 꼬리치고 입 벌리네.

• 『대한매일신보』(1908, 이하 현대어로 고침)

해난海難을 읊은 표면상 의미와 빗대어 나라꼴을 고발하는 내면적 풍자의 기법을 구사한다. 고발 대상은 아둔한 고래인 일본만이 아니다. 키를 잃고 깊이 모를 바다에 배가 침몰하는 줄도 모르고 싸움질만 하는 뱃사람인 한국인까지 싸잡는다.

국운國運이 이 지경에 이르렀는데 몽매한 국민을 탓하랴. 나라를 그 꼴로 만든 위정자의 책임이 크고, 더구나 이 땅을 팔아넘긴 매국노의 무리는 지탄받아 마땅하다.

한잔 한잔 술 권하며 친구 모여 마십시다.

술 있고 안주 없거들랑 고기 잡아 회쳐볼까.

앞 내에 떼 많은 송사리 병어 준치 모두 낚아.

• 『대한매일신보』(1909)

벗들과 강가에서 술잔을 나누는 풍류의 탈을 벗기면, 종장에

두번 쳐다보면 물을 켠다

는 칼날이 번득인다. 송사리·병어·준치를 낚아 술안주로
삼자는 건데, 이 어물의 첫 자를 나열하면, 을사오적乙巳伍賊
송병준을 회쳐 먹자는 선언이다. 살기 서린 글자놀이다.

　일본은 원수의 나라. 모자 앞에 수수이삭을 꽂고 표독하게 구
는 이등박문은 도적떼의 괴수다. 안중근 의사의 총탄에 자빠진
늙은 여우의 죽음은 경사가 아닐 수 없다.

　이 등燈을 집고 흐응 방문防門을 막자니 응.

　산중 도깨비들 줄행랑하노니 흥.

　어리화 좋다 흐응 경사가 났고나 흥.

　•『대한매일신보』(1909)

　이등박문을 저격한 안 의사의 횃불은 겨레의 앞길을 밝혀서,
왜놈들은 도망치고, 나라에 잔치가 벌어진다. 시의 구절마다 보
호색을 입혀서 혹심한 검열을 비껴가기도 했겠는데, 이것은 풍
자문학의 속성이기도 하다.

　위국 충정이라면 못할 일이 없다. 널리 알려진 시를 모방하거
나 개작하여 민중을 일깨우고 꾸짖는 일도 풍자문학의 중요한
역할이다.

　이 몸이 죽고죽어 백천만 번 다시 죽어,

백골이 흙이 되고 그 흙이 또 변해도,

못 변하리, 일편단심 맺힌 마음 위국설치爲國雪恥.

• 『대한매일신보』(1910)

포은 선생의 「단심가」를 본떠서 나라 위해 치욕을 씻자고 부르짖는다. 애국하는 일이면 한 목숨이 만 번 죽어도 다시 살아난다.

천만 번 죽은 백골이 흙이 되어도 변하지 않는 붉은 마음이 있어 조국은 광복을 맞았다. 그러나 두 동강이 난 남북의 동포끼리 사나운 욕설이 오가고 있으니, 쓴웃음으로 점철된 한국 백년 풍자의 시대는 끝나지 아니하였다.

• 1980

불이목의 사연

너나없이 숨 넘어가게 웃어쌌는데, 충청도 아주머니 하나이 뾰루저처럼 있었다. 어찌하야 웃지 않느냐고 물었더니, "집에 가서 이따가 웃지유"라고 대꾸하였다. 모르면 몰라도, 이 여인네야말로 천하 제일가는 익살꾼이라 할 만하다.

명승고찰 마곡사麻谷寺는 이 부인이 사는 충청 땅에 자리하고 있다. 신라의 고승 자장율사가 창건하고 고려 지눌국사가 중창한 사찰이다. 섬나라 왜와 싸우던 백범 선생이 잠시 피신한 곳으로 유명하다. 부처를 모시고 스님이 계시는 곳이야 이나저나 엇비슷하지만, 마곡사에 들어가는 길목은 매우 낯설다.

대개 절 앞에 이르면, 일주문이 두 다리로 서 있고 이내 천왕문이 나타나고 저만치 대웅전이 있다. 이 절은 일주문이 없고 천왕문이나 대웅전이 숨어 있다. 찾아드는 숲길의 오른쪽 계곡 옆으로 절집들이 즐비하다. 절의 뒤통수를 바라보며 도량에 들어선다고들 하는데, 내가 보기엔 절 모퉁이를 돌아드는 듯하다. 지옥에 떨어질 각오를 하고 말한다면, 절의 엉덩이를 감싸고 걷는 격이다. 내 예감이 맞는 때도 있다.

절의 들머리에 이르러 오른편 언덕을 보니, 진짜로 한낮에 하얀 엉덩이를 뽐내는 상수리나무가 서 있다. 그 몸매가 매우 에로틱해서 양반이 보기엔 남의 눈이 두렵다. 그 곡선미는 요새 내로라하는 여성도 주눅이 들 만하고, 그 덩치는 김홍수金興洙 화옹의 나체화에서도 찾아볼 수 없을 만큼 넉넉하다. 놀라움은 한 번으로 끝나지 않는다.

이 풍만한 암나무 뒤에 벌거벗은 수나무가 붙어 서 있다. 말하자면 한 나무인가 하고 다시 보니 두 나무요, 한 쌍의 나무인가 하고 얼핏 보면 이목동체二木同體다. 수나무는 백제 서동의 다리처럼 우람하고 암나무의 둥걸은 신라 선화공주의 볼기짝처럼 풍만하다. 추사秋史는 불이란不二蘭을 치고 절간에는 불이문不二門이 있느니, 이 암수 한몸의 나무를 불이목不二木이라 할 만하다. 벌거숭이 암수 한몸의 나무가 어디 있을 데가 없어서, 양반 고장 충청도 절간 앞에 버티고 있으니, 이는 필시 인간속세에 색시공의 가르침을 베풀고 있음인가.

이목二木이 어찌어찌 불이목不二木이 되었는가. 백 리 밖에 백마강白馬江을 굽어보는 부소산扶蘇山에 한 수나무가 있었다. 그는

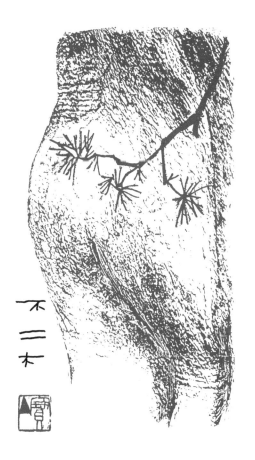

마곡의 부처를 극진히 흠모하였다. 마침내 이 나무는 부처를 좇아 몸을 움직이기 비롯하였다. 십 년 걸려 한 뼘을 다가가고 백 년을 두고 열 뼘을 옮겼다. 만 년 만에 마침내 마곡에 다다랐다. 지친 몸을 끌고 불전에 막 들어서려는데 세상사 아지 못게라! 이 황홀한 암나무를 보자, 수나무는 여기가 산속인지 냇가인지 부처님 코앞인지, 땅인지 하늘인지 모르쇠하고 암나무와 한몸이 되었다. 만 년 불공이 나무아미타불, 믿거나 말거나, 나만 알고 있는 불이목의 사연이다.

홍진에 묻힌 분네 도량이라 철이 들까. 나는 환갑노인의 체면이고 나발이고 다 팽개치고 사진기를 꺼내, 벗고 있는 나무를 꼬나서 셔터를 누른다. 논산훈련소 졸병처럼, 서서 쏘는 자세로 찍고 엉거주춤 굽은 자세로 박고 궁둥이 땅에 대고 누르고 엎드려총 자세로 찍고 앞에서 찍고 뒤에서 찍고, 동서남북 사방팔방에서 손가락 쥐가 날 때까지 찍어댄다. 지나가는 길손 남녀노소 가릴 것 없이 불이목을 감상하다 말고, 사진 찍는 백발노인을 보고 히죽거린다. 천하없어도 밖에서는 웃지 않는 충청도 양반부인도 웃었을 것이다. 감흥이 크면 누구나 시인이 된다. 어설픈 사설시조 한 수를 읊조려본다.

불이목不二木

　양반하고도 상양반 못자리판은 충청도랬지.

　그 고장 어느 절 못 미쳐 왼편 언덕지에 두 나무 한 나무 되
어 훤한 대낮에도 가릴 줄 모르고 하냥 불이목이 있대나. 보
셨는가. 그냥 연리지連理枝라 할작시면 그럴싸하거니와 엉덩
이 모양새인가 싶자 통통한 무 같기도 하고 이따만한 금산
인삼 뼈다가 닮았는데, 어찌 보면 그ᇹ_와르의 누ᇤ를 빰친내
나. 힐금힐금 킬킬대던 길손이라니.

　그 길손 천왕문을 들어설라치면 까마귀 고기를 먹더라.

• 2005

쌍화점의 익살

 고려인의 웃는 얼굴을 그려보는 일은 장님 코끼리 만지는 격이지만, 장님 문고리 잡는다는 말도 있다. 옛날 고려시대의 조상들은 어떻게 웃었을까? 부처님 얼굴에 그 그림자가 엿보이고, 문자로 기록된 미소가 더러 남아 있기도 하다.

그중에, 이름도 요상한 「쌍화점」雙花店: 만둣집이란 노래가 전승되어, 조상의 히죽거리는 모습을 엿볼 수가 있다. 못된 왕으로 연산군 뺨치는 고려조 충렬왕의 간신들이 지어 바친 이 노래가 조선시대에도 애송된 걸 보면, 우리 민족의 대표적인 골계시라 할 만하다.

당시 유행가인 「쌍화점」은 모두 4연, 각 연은 4행으로 되었고 각 연의 끝에는 요란한 후렴이 따른다. 뒷구멍으로 호박씨 까는 여인이 주인공을 맡아 네 명의 남정네를 차례로 만나는 마당이 각 연의 첫 행에 펼쳐지는데, 오늘날의 말로 다듬어 보이면 요러하다.

쌍화점에 쌍화 사러 갔더니,   1연

삼장사에 불을 켜러 갔더니,   2연

두레우물에 물을 길러 갔더니,   3연

술 파는 집에 술을 사러 갔더니,   4연

'어디에 무엇을 하러 갔더니'로 시작한 첫 행의 몸짓은 뽕만 따러 갔지, 설마 임도 보자는 게 아니다. 치마 두른 사람 가는 곳에 낮이니 밤이니 또 어디에서니 뭇놈이 도사리고 있게 마련이다. 상점이나 우물가에서 남녀가 수작을 피워도 큰 흉인데, 하물며 절간에서 여인을 넘보는 중생에게는 부처님도 자비를 베풀지 않는다. 걸쭉한 남녀 상열지사가 이어서 펼쳐진다.

연마다 둘째 행에서는 여인네를 농락하는 사내들의 거친 행동을 '손목을 쥐었다'고 완곡하게 나타낸다.

회회아비(중동인) 내 손목을 쥐었습니다.   1연

그 절 사주(주지승) 내 손목을 쥐었습니다.   2연

우물 용이 내 손목을 쥐었습니다.   3연

그 집 아비 내 손을 쥐었습니다.   4연

한 여인이 나타나기만 하면, 장사치건 스님이건 우물 용龍: 상류인의 상징이건 술집 아저씨건 상하귀천 몽주리 얼이 빠져서 체면

이고 나발이고 챙길 겨를이 없다. 전 계층의 남성들이 호색한이 된다. 다같이 선정적 익살이지만 이방인과 술집 주인은 평민으로서 웃음의 대상이 되고, 스님과 용왕은 지체가 높고 신령스러워서 비웃음의 표적이 된다.

> 이 말쏨(情事)이 이(상)점 밖에 나명들명, 조그만 새끼광대 네 말이라 하리라.   1연
> 이 말쏨이 이 절 밖에 나명들명, 조그만 새끼상좌(중) 네 말이라 하리라.   2연
> 이 말쏨이 우물 밖에 나명들명, 조그만 두레박아 네 말이라 하리라.   3연
> 이 말쏨이 이 집 밖에 나명들명, 조그만 술바가지야 네 말이라 하리라.   4연

달빛에 젖으면 아름답지만, 햇살에 쏘이면 웃음거리가 되는 것이 남녀의 사랑이다. 셋째 연은 부끄러운 소문을 감추고 싶은 심정이 절실하다. 잡은 손을 목격한 자는 새끼광대와 새끼중이고 두레박이고 하찮은 바가지이다. 사람은 새끼로 축소하고 바가지를 인격화하여 갈등을 부채질하고, 다시금 고것들 앞에 '조그만'을 더 보태서 익살을 한껏 부풀린다. 목격자가 작고 하찮을수록 웃음소리가 훨씬 커진다. 조그만 새끼들이 촐랑거

리니, 들킨 연놈은 더 안절부절못한다. 네 연의 끝마다 흥청거리는 여음이 따르는데, 이 뒤풀이가 고려속요 가운데 가장 특이한 리듬을 자아내고 요란한 무당 푸닥거리투다.

더러둥셩 다리러디러 다리러디러 다로러거디러 다로러. 그 자리에 나도 자러 가리라. 위 위 다로러거디러 다로러. 그 잔 데같이 덤거츠니 없다.

소문은 벌써 나명들명하여 온 마을이 떠들썩하다. 그렇다고 두려울 게 없다. 동네방네 여인들이 서로 그 자리에 자러 가겠다고 아우성이다. 거기서 벌어지는 일은 너도 알고 나도 안다. 무의미한 감탄사의 되풀이인 '다리러디러'는 엿가락처럼 꼬인 다리 모양새를 떠올리게 한다.

이 후렴은 바야흐로 농탕치는 악기 소리와 노래 소리 드높이 마구잡이 춤을 추는 웃음의 합창이다. 이와 같은 고려 사람들의 에로틱 유머는 지금까지도 한국 해학의 큰 줄기를 이루고 있다.

작은 고추가 더 맵다. 사설시조와 쌍화점에 괜히 아이를 등장시키지 않았다. 우리 조상은 작은 아이가 웃음의 촉매자의 역할을 담당할 때, 그 익살이 놀라운 웃음판을 연주하는 해학의 본질을 알고 있었다.

양반을 사려다 만 상놈

밀가루나 찹쌀가루를 반죽하여 실타래처럼 꼬아서 기름에 튀긴 과자를 꽈배기라 한다. 누가 있어, 맨처음 비틀어 꼰 과자를 만들었는지 알 도리가 없다. 아마, 세상만사를 꽈배기처럼 바라본 사람이 만들었을 게 틀림없다. 그 사람으로 말하면, 모든 사물을 비틀어 꽈배기를 만들어놓고서, 아니꼽고 뒤틀린 꽈배기 세상을 냉소하고 야유하고 고발하는, 입이 건 장난꾼이었을 것이다. 인간은 웃는 동물이라지만, 비웃는 동물이기도 하다. 이 세상에는 행복하게 웃을 일보다 누군가를 비웃을 일이 더 많다고 하겠다.

꽈배기는 웃을 일이 많은 사람이 만든 과자가 아니라, 비웃을 일이 많은 사람이 만든 과자다. 예나 오늘이나 세상에는 꽈배기를 만드는 일이 허다하고, 꽈배기를 만들어야 할 사람이 널려 있다. 백년하청, 인간의 허물이나 잘못이 없어지지 않고 보니, 꽈배기를 꼬는 사람도 없어지지 않는다.

단군 이래, 이 땅에서 기를 쓰고 꽈배기를 만든 익살꾸러기가 하나 둘이 아니다. 그 많은 양반 가운데, 하나를 꼽는다면 연암 燕岩 박지원朴趾源이 아닌가 한다. 연암은 학자이며, 정치가, 북 학파北學派의 영수이고 대문장가다.

이 양반은 양반 중에도 상양반이고, 정사에 참여한 벼슬아치 이면서도 양반과 위정자를 모조리 꽈배기를 만들어놓는다. 제 낯짝에 침을 뱉는 일이 쉬운 노릇인가.

연암이 양반을 비꼬기 작정을 하고 쓴 소설『양반전』을 볼작 시면, 콧대 높고 히세니 부리고 욕심 많은 양반네를 모시닥스 럽게 꼬아서 꽈배기를 만든다. 조선팔도 천하에 거들먹거리는 양반이 하도 많아서, 하나하나 대놓고 나무라기란 하세월이라, 돌려 보라고 소설을 쓴 모양인데, 요새 이 나라의 신식 양반들, 고스톱 치느라 글 읽을 틈이 없을 테니,『양반전』을 줄여서 대충 살펴볼까 한다.

한 양반이 먹고 살기가 하도 힘들어서 알량한 양반을 팔아서 목구멍에 풀칠이라도 하려고 한다. 금강산만 식후경이 아니라 양반도 먹어야 양반이다. 소문이 돌자 양반 되기 소원인 부자 상놈이 양반을 사겠다고 나선다. 그러자 할 일이 따로 있지, 떡 고물이나 챙길까 하고 원님이 가운데 들어 양반매매증서를 쓰 게 된다. 그 증서에 양반이 지켜야 할 덕목이 소상히 나타나 있 는데, 지키지도 못하는 대한민국 헌법보다 훨씬 재미가 있다.

- 양반은 아무리 배가 고파도 '가난하다'는 말을 하지 않는다.
- 가는 기침이 날 때마다 가래침을 잘근잘근 씹어 넘겨야 한다.
- 손에 돈을 지니지 않는다.
- 쌀값의 오르내림을 묻지 않는다.
- 아무리 무더워도 버선을 벗지 않는다.
- 국물을 마실 때는 홀짝홀짝 소리를 내지 않는다.
- 생파를 씹어서 암내를 풍기지 않는다.
- 막걸리를 마신 뒤, 술이 묻은 수염을 쭉 빨지 않는다.
- 담배를 피울 때는 볼이 옴팍 패도록 연기를 빨아들이지 않는다.
- 말할 때 침이 튀지 않도록 한다.

　상놈은 가래침을 잘근잘근 씹지 않고 술 묻은 수염을 빨아먹기도 하고, 볼이 패게 담배 연기를 빨아들이는 재미로 산다. 이렇게 신나게 살던 상놈이 이 얼어죽을 증서를 보고선 세상 살맛이 백 리는 도망갈 것 같다. 아무리 양반이 좋다지만, 이런 빌어먹을 시러베 양반을 맡을 상놈이 있을 리 없다. 눈치를 챈 원님이 토라진 상놈을 달래려고 몇 가지 달짝지근한 조항을 넣어 증서를 고쳐 쓴다.

언청이 양반

북청 양반

쌍언청이 양반

BOSAN

경남 양반

진한 양반

가면극의 양반들

· 양반은 제 손으로 농사나 장사를 하지 않아도 된다.

· 양반은 벼슬을 할 수가 있다.

· 홍패(벼슬)을 차면 이것은 곧 돈이다.

· 깊숙한 방에서 기생이나 놀리고 있으면 된다.

· 뜰 앞에 쌓인 곡식은 학을 기르는 양식으로 주면 된다.

· 이웃집 소를 몰아다가 양반의 밭을 먼저 간다.

· 동네 농민을 잡아내어 양반 논을 먼저 매게 한다.

· 양반이 상놈의 수염을 뽑더라도 상놈은 원망하지 못한다.

　양반이 되면 벼슬을 할 수 있고 벼슬은 곧 돈이니, 부자가 되어 기생이나 거느린다니 상놈은 마음에 솔깃하지 않을 수 없다. 그렇더라도 양반이랍시고 심심하면 상놈 수염이나 뽑고 남의 소 끌어다 제 밭을 먼저 갈고, 농사꾼을 잡아다가 제 논을 매게 한다니, 그야말로 생판 도적놈이다. 양반은 도적 중에도 날강도다. 착한 상놈이 팔자가 사나워 불한당이 되게 생겼다. 그리하여 상놈은 양반 되는 일을 작파하고 종적을 감춰버린다. 양반은 마지막 남은 재산인 양반도 팔지 못하는 가련하고 불쌍한 허깨비다. 꼬고 말 것도 없는 꽈배기가 된다. 양반을 사려고 덤빈 상놈이 우리를 웃기고 팔리지도 않는 양반꽈배기가 우리 입이 웃다가 귀에 걸리게 한다.

· 2008

이설異說 놀부전

세상 사람들은 입들만 성하여서 남녀노소 불문히고 박타령을 읊조리되, 옛씨 형세 놀부 흥부 낳은 데는 쥐뿔도 모르더라. 고게 어딘고 하니 충청·경상·전라·삼도 접경接境 포개진 곳이더라. 제비 덕에 돈 있것다, 부자 흥부 출마라도 할작시면, 지역감정 생판 없어 떼어놓은 대권이라.

놀부 흥부 둘을 놓고 놀부 욕질하고 흥부 칭찬이니, 이는 대개 요행수나 바라고서 힐끔힐끔 눈치보며 주택복권 사는 사람 미욱한 소치더라.

인간 사람들아, 흥부 거동을 찬찬히 살펴보소. 한심한 무골호인 마음씨만 착해갖고 어디다 쓰겠는가. 사람 됨됨이 오죽하면 미물 짐승 제비조차 어여삐 여길쏜가.

형이 좋은 말로 처자 끌고 나가라고 타이르면, 제말마따나 형님 흉이 이웃에 알려질까 고이 나갈 일이지, 천방지축 울며불며, 단 두 형제 헤어지면 골병들고 뭉치면 산다니 이 어디서 익히 듣던 소리로다. 천성이 착하여도 제 앞을 못 가리면 눈 뜨고도 코 벨 인심 걸인 신세 아니라고. 놀부형님 말마따나 천하에 박살할 놈! 벌이도 없으면서 일을 해도 밤이면 밤마다 밤일만 해대니 다른 일 할 틈 있어야지, 원찮은 자식이 스물다섯이라. 삼신할머니도 하 기가 막혀 엄한 벌을 내리것다.

흥부 거동 볼작시면 한심하기 짝이 없더라. 굶어서 죽는 사람 먹던 밥 덜어 주고, 얼어서 병든 이웃 제 입은 옷 벗어 주고, 늙은이 짊어진 짐 자청하여 져다 주고, 길에서 주운 보물 지켜섰다 임자 주고, 수절과부 보쌈하면 쫓아가서 빼어놓기, 남의 일만 하느라고 땡전 한 푼 없으니, 굶어 죽기 십상이고 동냥 신세 상팔자라. 바가지에 밥을 빌고, 호박잎에 건건이 얻어 간에 기별 겨우 하며, 제 소견에 가장 행세 하느라고 집도 절도 없는 차에 아들녀석 늦게 온다 벼락같이 호통치고, 양지쪽에 골마리 까고 식구대로 이나 잡고 있더라.

가장이 그러하니 처자 권속 사는 꼬락서니 장관 아니라고. 아이 어른 벗고들 사는지라, 큰 멍석 얻어다가 자식수대로 구멍 뚫어 씌어놓으니, 머리통만 콩나물대강이처럼 내밀었는데, 한 녀석이 똥 누러 갈 양이면 여러 녀석 어우러져 가는구나. 흥부 집 꼬락서니 이러하니 잔 사설私說이 없겠구나.

각설하고, 놀부서방님 나오신다. 양반춤으로 나오신다. 무슨 심술 피우려고 거들먹거리며 나오신다. 놀부하면 거시기 장기

주머니만한 심술보가 뒤집혀 심사를 피우는데 썩 야단스럽것다. 초상난 데 춤추기, 애 낳는 데 개잡기, 아이 밴 계집 배차기, 우물에 똥 누어 놓기, 패는 곡식 이삭 뽑기, 똥 누는 놈 주저앉히기, 옹기장사 작대기 차기, 수절과부 겁탈하기, 5대 독자 불알 까기, 물경 여든 가지 궂은 작태라. 주어세려면 잦은몰이로 숨넘어가는데, 이는 모름지기 보통사람 짓거리가 아니오, 염라대왕도 대경진노^{大驚震怒}할 소행이라.

하나 있는 아우를 문 밖에 내쫓았다, 시러베놈들 욕들을 하건마는 놀부 어찌 그럴쏜가. 남자라 하는 것이 믿는 데가 있으면 아무 일도 안 되나니, 계집 자식 있는 놈이 형 하나만 바라고서, 놀고 먹고 놀고 자면 자립을 언제 하며, 선진조국 백성이 아니라. 부모세간 많은들 나누기로 들면, 흥부 것은 놀부 것이고 놀부 것은 놀부 것이로다.

시샘하는 사람들은 놀부를 일컬어 욕심이 족제비라, 대장간의 불집게로 불알을 집어도 눈도 아니 깜짝인다 하거니와 이것이 모두 놀부의 근면저축 자립경제 이룩하기 위함이라. 놀부, 제 부모 제사를 지내어도 접시 위에 엽전을 올려놓고 이 돈은 떡값이요, 저 돈은 과일 값이라 축수하고, 앞 노적, 뒷 노적 담불담불 쌓아놓고 흥부 주자하고 그 노적을 헐 것인가.

사내대장부 한번 작심하면 중단 없는 전진이다. 제비새끼 생다리 열 번인들 못 꺾으며, 재앙이 있다 한들 박타는 일 멈출쏜

가. 째보·쌍언청이·곱사등이, 모두 불러 모아 슬금슬금 톱질이야. 첫째 박에 옛 상전 호통치고, 둘째 박에 온갖 병신 육갑하고, 셋째 박에 사당패 출몰하여, 빼앗기고 밟히고 아이고 놀부 죽는구나. 치도곤을 당하면서, 구경꾼 부득부득 말리는 걸 뿌리치고 톱질이야, 톱질이야, 그만 타소, 울부짓는 여편네 비껴서라. 지화자 좋다. 마지막 박통으로 똥벼락을 맞는구나.

그 오기, 그 고집, 그 일편단심을 살피건대, 동방에 놀부만한 사나이 그 밀고 뉘 있을꼬. 늘부의 허물은 노두 중상모략이라. 세상사람들아, 제발덕분 수수백년 놀부한테 씌운 누명, 광명천지 활짝 벗겨 놀부를 사면복권하여 주소.

　• 1983

송강의 껄껄시조

술을 술이라 하지만 같은 술이 아니고 웬 세상에 귀밝이술도 있다. 귀밝이술이라 하면 요새 젊은 이들은 무슨 귀밝이나물로 담근 술로 알 법하다. 그게 아니고 음력 정월 보름에 오곡밥을 들기 전에 마시는 청주를 말한다. 이 술을 마셔야 일년 내내 귀가 밝아진다는 백약지장百藥之長이다. 정월 보름날 마시는 한 잔 술을 치롱주治聾酒라고도 하는데 귀가 밝아지려면 귀에 탈이 없어야 한다. 이명주耳明酒를 마셔야 바늘이 떨어지는 소리를 듣고 소리 없는 마음의 소리를 알아듣고 삼라만상 우주의 진리를 깨치게 된다고 하겠다. 공자님도 귀밝이술을 드셨더라면 육십이 아니라 삼십에 이순耳順을 하셨을 것이다.

이 땅에 우리 조상님네들이 터를 잡고 언제부턴가 새해 설을 맞고 보름날을 쇠기로 하였는데, 정월 열닷새에 어느 분이 귀밝이술을 가장 많이 마셨는지 알 길이 없다.『동국세시기』東國歲時記에도 그런 기록은 찾아볼 수 없고, 삼국시대에는 기네스

214

북이 있을 리 없었다. 짐작건대, 이 술을 두주불사斗酒不辭로 마셔댄 분이 조선조 대문장가 송강松江 정철鄭澈이 아닌가 한 다. 송강은 좌해 진문장가左海眞文章家. 세파에 휩쓸려 서인西人의 우두머리로 당쟁을 치르면서 부지런히 귀양살이도 해야 했으 니, 망우주忘憂酒 한두 잔이 아니라 말술로 심사를 다스리기도 하였을시 분명하다.

정 송강이 으슥한 달밤에 북망산을 거닐게 되었다. 숲 속에 서 부엉이 슬피 울고 풀벌레 소리 요란하였다. 그런데, 그뿐이 아니라, 땅속에서 새어나오는 망자亡者의 말소리가 들리기도 하였다. 사방의 무덤 봉오리에서 껄껄 소리가 연이어 나더니, 이내 떼 지어 울려 퍼졌다. 송강은 귀밝이술을 많이 마신 모양 이었다.

껄껄 후렴은 같은 소리나 앞의 사설이 제가끔이었다. 여기서 는 '어버이를 잘 섬기고 올 껄껄'하고, 저기서는 '우리 임자 구 리반지라도 하나 구해줄 껄껄'하기도 하고, 어디서 들릴락 말 락 탄식성이 나는데, '입이라도 한 번 더 맞추고 올 껄껄' 하고, 또 모깃소리같이 '한 잔 더 마시고 올 껄껄'하는 한숨 소리도 들렸다. 송강은 주성酒聖이라, 맨나중 지하성을 듣고 대오각성大 悟覺醒하였다. 술꾼만이 주태배기 마음을 안다. 저 불후의 명문 「장진주사」將進酒辭는 귀밝이술을 마신 송강의 한림산행寒林山行 에서 탄생하였다.

사설시조 「장진주사」의 초장은 한도 끝도 없이 술을 마시고 또 마시자는 사설로 운을 뗀다.

한 잔 먹세그려, 또 한 잔 먹세그려. 꽃 꺾어 산算 놓고 무진 무진 먹세그려.

하느님은 물만 만들었으나 사람은 물로 술을 만들었다. 우리 인생 우리가 빚은 술, 한 잔 부어라, 또 한 잔 부어라. 김삿갓이 맞돈 내고 술 마셨다던, 반 잔 술에 눈물 나고, 한 잔 술에 웃음 난다. 죽어서 석 잔 술이 살아 한 잔 술만 못하도다. 주거니 받거니 날이 새는데, 얼마를 마셨는지 인사불성이다. 마침 술상 옆에 피어 있는 꽃잎을 따서 마신 잔 수를 셈하면서 마시자고 하였다. 바다에 빠져 죽은 사람보다 술독에 빠져 죽은 고주망태가 더 많다. 이렇듯 원수악수로 마시는 까닭이 중장으로 이어진다.

이 몸 죽은 후면, 지게 위에 거적 덮어 주리여 매여 가나,

가엾은 죽음이다. 널을 마련할 처지가 못 되는데 꽃상여는 턱도 없다. 거적에 말려 지게 위에 얹혀 와서 땅속에 묻힌 주검이다. 평생 서럽게 산 인생, 죽어서도 처량하다. 고대광실 호의호

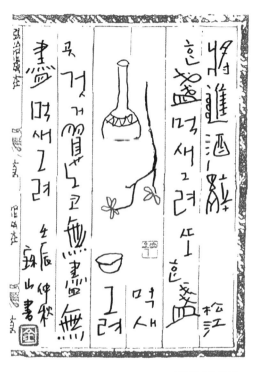

정철의 「장진주사」

식 부귀영화 누린 귀인貴人, 북망산 가는 길이 대구對句로 이어
있다.

유소보장流蘇寶帳에 만인萬人이 울어예나, 어욱새 속새 덥가
나무 백양숲에 가기곳 가면,

울긋불긋 호화롭게 꾸민 상여 뒤에 구름처럼 조객이 따르고
만장이 하늘을 덮는다 하더라도, 억새풀·속새풀·떡갈나무·
은버드나무 우거진 유택幽宅에 가면, 상하귀천 남녀노소 따로
없고 만인이 한결같다. 이승에서 그만큼 떠들었으면 저승에서
는 잠자코 있어야 한다. 사후 세상에서조차 술타령을 하다가는
염라대왕의 노여움을 산다. 그렇다 할지라도 술 한 모금이 간
절한 시와 때가 따로 있다.

누런 해, 흰 달, 가는 비, 소소리바람 불 제, 뉘 한 잔 먹자
할꼬.

서산에 누런 해는 지고, 흰 달이 떴는데 청승맞게 비는 내리
고, 을씨년스런 바람이 이는데 무덤 속 망인은 천지간 혼자뿐
이다. 그 귀한 아들을 두고, 백년해로하자던 부인을 떼어두고,
문전옥답 그대로 두고, 금은보화 다 버리고, 외롭게 어둔 땅에

누워 있으나 한 잔 술을 권하는 벗이 없다. 동아줄에 매여서 칠성판에 누운 망자를 위로해줄 이웃은 이제 아무도 없다. 생사가 다르다. 인간의 오욕칠정을 잊어야 한다. 그런데 생판 원숭이가 나타나서 가슴팍 위에서 서성대지 않는가. 이 글의 종장은 비통한 감정의 극치를 이룬다.

하물며 무덤 위에 잔나비 파람 불 제, 뉘우친들 어떠리.

애달픈 달빛, 스산한 빗소리도 견딜 수 있다. 적막강산 오밤중에 망자의 머리 위에 원숭이가 앉아 있어도 오장육부가 찢어지거늘, 무슨 심사로 원숭이는 휘파람을 불어대는가. 잔나비 구적성口笛聲이 울려 퍼지니 산천초목이 눈물을 짓는데, 지하의 영령들이야 일러 무삼하리요.

바야흐로 여기저기 묘혈墓穴에서 껄껄소리 처량하다. 친구가 건넨 술잔을 퇴하지 말 껄, 몸 생각한다고 좋은 술을 참지 말 껄, 고주망태가 될 때까지 진창 마시고 올 껄, 남의 술에 오십 리라도 좇아갈 껄 하는 탄성이 끊이지 않는다. 모두가 헛일, 뉘우쳐보았자 말짱 소용이 없다. 그러니 살아 있을 때 술잔을 들 힘이 남아 있으면 한 모금이라도 더 들이켜야 한다. 이 세상에서 가장 비통한 말은 무덤에서 들리는 껄껄타령이 아닌가 한다.

술을 즐긴 자, 어디 하나 둘이랴. 달밤에 묘지를 거닐어본 자, 헤아릴 수 없이 많다. 인생무상을 노래한 시인 묵객이 밤하늘의 별보다 많다. 동서고금의 술 노래가 모래알보다 많다. 그러나 묻힌 영혼의 술 노래를 송강처럼 읊은 시인은 없다. 「장진주」를 지은 이태백이 송강의 시를 보았다면, 아마 병풍 뒤에 숨고 말았을 것이다.

• 2000

금수회의록 평설

그제나 이제나 사람의 말을 사람이 들어먹지 않는 모양이다. 조선왕조 마지막 논객 안국선安國善은 꿈속에서 짐승들을 모아, '만고萬古에 없던 일대 회의'를 열고 해학의 잔치, 풍자의 마당에 이름 붙이기를 『금수회의록』禽獸會議錄이라 하였다. 1908년 망국亡國 2년 전이다.

동물이 사람 행세하는 일도 우습거니와 회의에 참석한 여덟 동물이 세상 인간을 성토하는 경연대회를 벌이고 있으니, 인간은 쥐생원이 되어 구멍을 찾아야 할 노릇이다.

주요 안건은 '지금 세상 사람 중에 인류 자격이 있는 자와 없는 자를 조사할 것'인데, 짐승이 사람보다 관대해서 인간비리척결특별조사위원회를 구성하지는 않는다. 회의 취지가 인간 타도이니 개회사의 목소리가 거세다.

외국 사람에게 아첨하여 벼슬만 하려 하고, 제 나라가 다 망하든지, 제 동포가 다 죽든지, 불고하는 역적놈도 있으며, 임군을 속이고 백성을 해롭게 하여 나랏일을 결단내는 소인놈도 있으니, 이 같은 인류에게 좋은 영혼과 제일 귀하다는 특전을 줄 것이 무엇이오. 지금 여러분, 금수초목과 사람을 비교하여 보면 사람이 도리어 낮고 천하며, 여러분이 도리어 귀하고 높은 지위에 있다 할 수 있소.

박장대소. 꼬리를 젓고 발을 구르니 장내는 요란하고 '규칙 방망이'^{지금의 의사봉보다 좋은 명칭이다.}는 연신 인간을 명태 두들기듯 한다. 동물 연사의 몇 연설을 줄여서 소개하면 이러하다.

첫 발언자는 프록코트를 입어서 전신이 새까만 반포지효^{反哺 之孝} 까마귀.

우리 까마귀족속은 먹을 것을 물고 돌아와서 어버이를 섬기며, 효성을 극진히 하여 부모 은혜를 갚는데, 사람들은 말하는 것은 효자 같으되, 실상 형식을 보면, 주색잡기에 빠져서 부모의 뜻을 어기며, 형제간에 재물로 다투어 부모 마음을 상케 하며, 부모가 주리되 돌보지 아니하고, 여편네는 학식이라도 좀 있으면 부덕을 버리고 시집가면 시부모를 미워하기도 하니, 인류사회에 효도 없어짐이 지금 세상보다 더 심함이 없도다.

예나 오늘이나 불효자는 지탄의 대상이다. 까마귀보다 못한 인간이 많기도 하다. 다음 등단한 호가호위狐假虎威 여우는 기생이 시조 부르려고 목을 가다듬는 것처럼 기침 한 번 콱 하더니 간사한 목소리로 연설한다.

사람들이 예부터 우리 여우를 가리켜 요망한 것이라, 간사한 것이라 하여 저희 중에도 요망하든지, 간사한 자를 보면 여우 같은 놈이리 하니, 정말 요망하고 간사한 것은 사람이요. 총칼의 위엄으로 평화를 보전하려 하니, 우리 여우가 호랑이의 위엄을 빌려서 제 몸 죽을 것을 피한 것과 어떤 것이 옳고 어떤 것이 그르오. 저희는 서로 여우 같다 하여도 가만히 듣고 있으되 만일 우리더러 사람 같다 하면, 우리는 그 이름이 더러워서 아니 받겠소. 내 소견 같으면 이후로는 사람을 여우라 하고 우리 여우를 사람이라 하는 것이 옳은 줄로 아나이다.

여우보다 인간이 더 요망하고 간사하다. 그러니 사람을 여우라고 해야 사리가 맞다. 여우가 연설을 그치고 할금할금 돌아보며 제자리로 돌아가니, 또 한편에서 회장을 부르고 아장아장 걸어와서 연단 위에 깡충 뛰어오른 정와어해井蛙語海 개구리가 눈을 깜짝깜짝하며 입을 벌죽벌죽한다.

나는 우물 안 개구리라, 출입이라고는 미나리 밭밖에 못 가본 고로, 못 본 것을 아는 체는 아니 하거늘, 사람들은 좁은 소견으로 외국 형편도 모르고, 천하대세도 살피지 못하고, 떠들면서 무엇을 아는 체하고, 나라는 다 망하여 가건마는 썩은 생각으로 갑갑한 말만 하는도다.

사람은 한 번만 벼슬자리에 오르면, 당파를 만들어 권리다툼하기와 권문세가에 아첨하러 다니기와 백성을 잡아다가 주리 틀고 돈 빼앗기와 뇌물 받기와 나랏돈 도둑질하기와 국민의 고혈을 빨아먹기로 종사하니, 나더러 도둑놈 잡으라 하면 벼슬하는 관인들은 거의 다 감옥소감이요. 악한 일만 하니 사람이라 하는 명칭을 주지 맙시다.

망국 전야, 이 나라 이 백성에 대한 동물들의 비난·공격·고발·폭로·야유·풍자가 비수匕首와 같다. 그때로부터 80년이 흐른 오늘, 외세의 문제, 관료의 부패, 윤리의 타락은 어떠한가. 과연 역사는 반복할 뿐인가?

『금수회의록』은 당시의 베스트셀러. 저자의 아들 안회남安懷南, 1910~?은 부친의 회고기에서, 이 책이 4만 부가 팔렸다고 하였다. 놀란 조정과 일제는 짐승의 말이 무서워 이 우화寓話를 금서로 공포하고 책을 거둬들여 불태웠다. 조선은 망하고 일본은 이 책의 해금 조치도 취하지 않고 게다짝을 끌고 섬나라에 가버렸다.

　한 세기 전 금수의 모임에 참석했던 동물들을 불러서 다시 회의를 열어보면, 이 나라의 본새나 정치하는 사람들의 꼬락서니를 꾸짖다가, 기가 차서 모두 다 자지러질 것이다.

• 1985

피가의 변명과 어씨의 탄식

금아琴兒 피천득皮千得, 1910~2007 옹이 천하명문 「수필」隨筆과 「인연」因緣을 쓰지 않았더라면, 세상에 피 성씨가 다 있는 줄을 아무도 몰랐을 것이다.

남산 꼭대기에서 솔방울이 바람결에 떨어지면, 영락없이 장안의 김씨 아니면 이씨의 이마에 맞는다. 인왕산 솔방울이 구르다 날라서 피씨 성바지의 뒤통수를 때리기란, 요새 만백성이 기를 쓰는 로또복권에 일등으로 당첨되기보다도 더욱 어렵다.

거짓말이 아니고 과장도 아니다. 피성은 알아주는 희성稀姓이다. 피씨의 조상님네들은 선견지명이 있어서 고려 때부터 진작 산아제한을 한 모양이다. 해도 유분수지, 오늘의 한국 여인네들이 일으킨 인구 재앙의 근원이 피씨가에 있다고 하겠다. 집채만한 『한국인명사전』을 찾아보니 피가는 하나도 없다. 삼천 쪽짜리 『세계문예사전』을 들춰보아도, 독야청청 피 선생 말고는 피 아무개는 더는 보이지 않는다.

고군분투, 피씨 성의 존재를 온 천하에 홍보한 금아 선생에게, 피씨 종친회에서 모름지기 공로패를 드리거나, 조그만 공적비라도 세워드릴 만하다. 더구나 그는 일찍이 해학수필 「피가지변」皮家之辯을 써서 가문의 영광을 드높였으니 말이다. 이 글에서 피 성씨 탄생신화를 보려면, 먼저 배꼽을 보험에 들어야 한다.

옛날에 우리 조상께서 세비글 뽑있는데, 피皮씨기 니있다. 피가도 좋지만 더 좋은 성이었으면 하고 다시 한 번 뽑기를 간청하였다. 그때만 해도 면직원들이 어수룩하던 때라 한 번만 다시 뽑게 하였다. 이번에는 모毛씨가 나왔다. 모씨도 좋지만 毛는 皮에 의존한다고 생각하셨기에, 아까 뽑았던 皮를 도로 달래가지고 돌아왔다. 그 후 대대로 우리는 皮씨가 좋은 성 중의 하나라고 받들어 왔다.

천지가 개벽하고 씨족이 탄생하던 옛날에 벌써 면사무소가 있다. 단군할아버지가 내려주거나 삼신할머니가 점지하지 않고 어수룩한 면서기가 성바지를 골라준다. 하필이면 피성을 받고서 모씨성보다 낫다고 좋아하고, 동해물과 백두산이 마르고 닳도록 성바지를 받들어 모신다고 한다. 면서기 나리가 하사한 성씨를 받고 감지덕지하는데, 얼핏 걱정되는 바가 있다.

행여, 피씨가 아니면 살 수 없는 모씨 문중에서 피 선생을 초치하여 청문회를 열까 두렵다. 또 피씨 성의 탄생지가 백두산 산상봉이 아니고 두메산골 면사무소라니, 혹시나 피씨 가문에서도 자중지란이 일까 염려가 된다. 성바지의 탄생이 이러하거니, 작명作名 또한 기절초풍할 지경이다.

원래 나는 하늘에서 얻었다고 천득天得인데, 호적계의 과실로 천天자가 일천 천千으로 되어버렸다. 이름풀이하는 사람은 내가 부자로 살 것을 이름의 획수가 하나 적어서 가난하게 지낸다고 한다. 내가 부자로 못 사는 것은 오로지 경성부청서울시청 호적계 직원의 탓일지도 모른다.

양반은 마뜩찮다고 제 성씨를 탓하지 않는다. 성씨가 예사롭지 않으면, 이름이라도 번드레하게 지었으면 얼마나 좋았을까? 즈믄 천이나 하늘 천이나 얼핏 천덕꾸러기로 들린다. 그렇다고 면서기를 원망할 일이 아니다. 만일에 서기 나리가 원래 천天자의 두 획을 까먹고 십득十得이라 했더라면, 선생의 인생은 백배나 더 고단했을지도 모른다.

성명 석 자를 그르쳤으면 어떠랴! 이 어설픈 문패를 내걸고, 선생은 대문개일월大文開日月의 문장대가가 되었다. 아름다운 우리글의 극치를 보여주었다. 독창적·개성적 서정세계를 창조하

오늘도 강물에
띄웠어오
쓰기는 했건만
부칠 곳 없어
흐르는 물위에
던졌어오

피천득님의 편지
한뉘 조주연

피천득과 그의 시, 조주연 서

였다. 또 골계문장의 전범을 보여주었다. 피 선생은 누구도 흉내낼 수 없는 해학수필가라 하겠다.

예나 오늘이나 우리나라에는 성이나 이름을 이야깃감으로 삼은 우스개가 많다. 옛날 웃음보따리인 『태평한화골계전』을 보면, 양반들이 성씨를 두고 서로 희롱하는 농담이 여러 편 들어 있다. 근래에 민간소화民間笑話를 모아놓은 이훈종李勳鐘 선생의 『재채기』再採記에도 '성과 이름'편에 30가지의 성씨 농지거리가 있다. 그것들은 대개 짧고 재치가 넘치는데, 어魚씨 성의 뿌리를 다룬 얘기는 그 대표적인 소화笑話다.

고려의 왕족은 서해 용왕의 외손이어서, 대대로 겨드랑이에 용의 비늘이 돋쳐 있었다. 그리하여 용의 씨가 새어 나갈까 보아서, 근친끼리만 결혼을 했다는 말도 있다.

어느 왕대엔가, 민가에 지池씨 한 분이 겨드랑이에 비늘이 있다는 얘기가 나돌아 임금이 알게 되었다. 그래서 왕이 친히 불러 벗겨 보았더니 사실이라, 그렇다고 왕씨는 줄 수가 없어,

"이제부터 어魚가로 행세하라."

특명으로 성을 내리니, 부자형제지간에 성이 갈려서 한집안에서 어씨와 지씨가 같이 지내게 되었더란다.

그리하여, 세간에서는 엇비슷한 것을 어지간하다고 이르게 되고, 더러는 과장된 것마저 그리 이르게 되었다는

얘기다.

어씨 성의 유래를 밝힌 우스개다. 피씨 성보다 품격이 높다. 왕씨족만이 몸에 용 비늘이 있다는 발상이 우습고, 지씨 성 벼슬아치의 몸에 감히 용 비늘이 돋친 사건이 터져서 웃음을 더한다. 지씨 성 관료에게 연못에서 사는 어씨 성을 내린 왕의 처분이 더더욱 폭소를 자아낸다. 한자어가 아닌 '어지간'이란 단어도 어지간魚池間에서 생겼다고 능청을 부린다.

난정蘭丁 어효선魚孝善, 1925~2004 선생의 성씨가 원래 지씨 성이었는지 우리는 헤아릴 수가 없다. 우리가 아는 일은, 어 선생이 대왕폐하께서 선조에게 하사해준 성바지를 감지덕지感之德之 소중하고 경건하게 받들어 모시지 않고 있다는 불경막심한 일이다.

평생 어린이를 벗하여 동시를 읊고 동화를 짓고 어린이 신문을 내고, 문인화의 일가를 이룬 어 선생의 산문 「어씨지탄」魚氏之嘆을 보면, 어씨의 신세타령이 대단하다. 금아 선생은 면서기가 하사한 피씨 성을 고두백배叩頭百拜 받들어 모시는데 말이다.

"난 이 아무개입니다."

"네, 전 어효선이올시다."

"그런데 참 희성이시군요."

"네, 좀 드문 성입니다."

여기까지는 좋은데, 여러 차례 만나게 되고 혹 술잔이라도 나누게 되면, 으레 물고기니 금붕어니 하고 농담을 꺼낸다. 그나 그뿐인가! 술안주로 생선이 상에 오르면, 몇 촌간이나 되느냐고 촌수를 따지러 들고 나중에는 '바야흐로 동족상잔의 참극이 벌어졌노라'고들 가가대소呵呵大笑한다. 여기까지 또 괜찮다. 안주가 떨어지고 취흥이 겨워지면, 그냥 뜯어먹자고 들이덤비는 것을 어찌하랴! 어씨는 할 수 없이 옷을 벗는 체하고 '도마와 칼을 가져오라'고 응수한다. 좌중은 다시 폭소를 터뜨리고 어씨도 따라 웃지 않을 수 없다.

어씨가 끼어 있는 술자리는 언제나 한바탕 웃음판이 벌어진다. 어씨가 상 위에 누워 있는 생선을 안주 삼아 술을 들면, 주당들은 동족상잔이라고 놀려대는데 실은 일방적인 동족살육이다. 주위에서 반찬이 떨어졌다고 얼러대면, 거짓 화가 난 어씨는 분기충천憤氣沖天하여 살신성인, 안주가 되겠다고 자청하여 주흥을 돋운다. 어씨지탄이 아니라 어씨지락魚氏至樂이라고 해야 하겠다. 끝내는 생선타령만 하기에 지쳐서 동석한 Y 선생의 입을 빌려 육담을 늘어놓는다. 요새 남정네들은 말할 것이 없고, 여인네들도 술좌석에서 벌이는 남녀상열지사는 어떤 산해 진미보다 좋은 안줏감이다.

Y 선생님은 이어 희성이 빚어낸 넌센스 하나를 소개하셨다. 어느 주석에 5·6인 동지가 빙 둘러앉았는데, 좌석 배치가 공교롭게 되어 조曹씨, 지池씨, 노盧씨, 구具씨, 나羅씨의 차례를 잡으지라, 좌중 1인이 이들을 둘러보며, '조지로구나!' 하여 웃겼다는 이야기다. 우리도 허리를 못 펴고 웃다가 나는 사레까지 들려서 쩔쩔맸다.

어씨는 요행히 이 음담패설에 등장하지 않는다. 그렇다고 오씨나 강씨나 한씨처럼 맥없이 웃어서는 안 된다. 어씨와 지씨는 같은 성바지 아닌가. 어씨 있는 곳에 언제나 웃음난장판이 벌어진다. 웃으면 만복이 온다. 어씨네들은 우리에게 수복강녕壽福康寧의 보약을 공짜로 준다. 어씨족 여러분의 공헌이 커서 우리나라가 장수국이 될 것이다. 오천만 겨레는 어씨 동포에게 감사를 드려야 하고, 아울러 좋은 성씨를 하사한 대왕전하의 은덕을 잊지 말아야 하겠다.

피 선생이 피가 성씨를 변호하면 할수록 우리는 기가 막혀서 입이 다물어지지 않는다. 어 선생이 어씨지탄식을 하면 할수록 어씨지감탄으로만 들리니, 모두 질겁고 우리 배꼽이 도망가려

한다. 피씨는 피차간에 웃게 하고 어씨도 우리를 어지간히 웃게 만든다.

금아 선생은 면서기가 지어준 이름을 고이 간직하고 구십 평생을 건재하시고 놀라운 글을 썼다. 난정 선생은 상감마마가 하사한 성씨를 받들고 팔십 평생 은총을 누리시며, 아름다운 글과 그림을 남겼다. 이야말로 피가문의 광영이며 어가문의 영광일 뿐 아니라, 단군의 자손 여러 씨족들에게도 커다란 축복이 아닐 수 없다.

• 2008

부드러운 웃음, 사나운 웃음

 웃음을 크게 둘로 나눠볼 수가 있다. 부드러운 웃음과 사나운 웃음이다. 아이는 하루에 사백 번이나 웃는다. 어린 천사의 웃음은 잔잔하고 부드러운 웃음이다. 어른은 하루 동안 네 번밖에 웃지 않는다. 아니꼬워서 웃고 메스꺼워서 웃고 기가 막혀서 웃고 울지 못해서 웃는다. 어른의 웃음은 거칠고 사나운 웃음이다. 누구나 사나운 웃음보다 부드러운 웃음을 좋아한다.

갓 초등학생이 된 손자놈이 집에 돌아와서, 네 활개를 펴고 의자에 벌떡 앉았다. 학교에서 장한 일을 해낸 낌새가 역력하였다. 할아버지가 어린놈 땀을 닦아주면서 물었다.

"오늘 뭘 배웠지?"

녀석은 기가 차다는 투다.

"배우긴 뭘 배워요? 내가 선생님을 가르쳐주었지."

모두 놀랐다. 할머니가 다그쳤다.

"우리 새끼가 선생님의 선생 노릇을 했구먼! 그래 뭘 가르쳤어?"

"선생님이 날더러 묻데요. 둘 보태기 둘은 얼마냐구요. 그래 내가 가르쳐주었지. 넷이라고. 선생님이 그것도 몰라요 글쎄."

할머니 할아버지는 떨어지는 배꼽을 잡고, 엄마는 손으로 입을 틀어막고, 언니는 데굴데굴 구르고, 영문도 모르고 저도 따라 웃었다. 온 집안이 웃음의 도가니가 되었다.

이 우스개는 귀염둥이의 예쁜 짓을 비웃는 익살이 아니다. 온 집안이 즐겁고 이 얘기를 전해들은 동네방네 다 즐겁다. 나도 좋고 너도 즐거운 웃음이고, 누이도 좋고 매부도 좋은 웃음이다. 누구에게 상처를 주지 않는 웃음이 부드러운 웃음이다. 유쾌 상쾌 통쾌한 웃음의 합창을 해학諧謔, Humor이라고 한다. 그런데 웃다 보면 더러 웃음 속에 가시가 숨어 있기도 한다. 가시가 남을 찌르면 따가운 상처가 난다.

백발 신부님이 차를 타고 나들이를 하게 되었다. 뒷좌석에 자리한 어른의 양 편에 두 수녀가 앉았다. 한 수녀는 젊고 한 수녀는 나이가 들었다. 달리던 차가 뒤뚱하여, 신부의 상체가 노수녀의 어깨에 부딪혔다. 신부는 마음을 다잡았다.

"시험에 들지 말게 하소서."

조금 달리다가 차가 또 덜커덩하여, 이번에는 신부가 젊은 수녀의 손을 잡았다. 신부는 모깃소리로 기도를 드렸다.

"뜻대로 하소서."

차 안에는 이 세상에서 가장 무거운 침묵이 고여 있었다. 운전기사는 앞만 보고 있고, 두 수녀는 창밖만 보고 있고, 신부는 얕은 천장만 보고 있었다.

중세시대라면, 이런 휜소리를 지어낸 자 장작더미에 앉으리라. 신부님 마음속을 엿본 죄도 크거니와 천인공노할 유언비어를 퍼뜨린 죄는 이만저만이 아니다. 더구나 젊은 수녀는 뜻대로 되기 바라지 않았고, 늙은 수녀도 신부를 시험에 들게 하지 않았다. 두 수녀는 십계명을 엄히 지켰는데, 오직 차가 방정을 떨어서 입방아에 올랐다.

그러면 신부의 좌우충돌 사건은 하나도 우습지 않은가. 그게 될 말인가. 그 신부와 수녀 곁에서 이 신소리를 해도 박장대소할 게 분명하다. 원수도 사랑하라는 거룩한 말씀이 계셔서가 아니라, 그냥 즐겁고 우스운 걸 참을 수가 없다. 웃음은 하늘이 인간에게만 점지한 최상의 선물이기 때문이다.

이 신부를 내세운 이야기 속에는 부드러운 웃음과 사나운 웃음이 들어 있다. 풍자는 우리에게 교훈을 준다. 인간의 원초적

본성을 초월하는 일이 얼마나 어려운가 말이다. 이 농담은 신부님을 내세운 희극이 아니라, 하찮은 인간이 하느님처럼 부처님처럼 공자님처럼 나대는 위선을 비꼬았다고 하겠다. 비꼬는 웃음이 이웃 사람을 울게 만들면 험하고 사나운 웃음이 된다. 남을 비웃고 비꼬고 쏘아붙이는 웃음을 풍자諷刺, Satire라 한다.

조선조 500년 동안에 첫째가는 익살꾼을 든다면, 임란 때의 백사白沙 이항복李恒福 대감이라 하겠다. 대감이 정승으로 있을 때였다. 문무백관은 모이기만 하면, 파당을 지어서 싸움질만 하였다. 나라와 백성은 아지 못게라 서로 삿대질만 하였다.

그러던 어느 날, 어전회의에 있어야 할 이 대감이 나타나질 아니 하였다. 오성은 보나마나 공리공론이나 일삼는 정승들을 골려주려고 늦게 입궐하였다.

상감마마께서 오성의 늦은 연유를 꾸짖었다. 이 정승은 엎드려 아뢰었다.

"오는 길에, 좋은 볼거리가 있어서, 소신도 구경하다가 늦었사옵니다."

"무얼 구경했던가?"

"스님과 고자가 맞붙어 싸우는데, 스님은 고자의 불알을 쥐고 고자는 스님의 머리채를 붙들고 싸웠습니다. 고자는 사타구니를 움켜쥐고 울부짖고, 스님은 머리카락이 몽땅 빠져서 피를 흘리고 있었사옵니다."

한바탕 능청을 떨자 어전회의장은 웃음판이 되었다.

있을 수 없는 일을 참말처럼 꾸며서 몹쓸 위정자들을 비꼬았다. 저 욕하는 줄 모르고 조정대신들이 제 낯바닥에 침을 뱉고 있으니, 더 우습지 않을 수 없다. 썩어 빠진 무리의 공리공론은 스님과 고자의 진흙싸움과 진배없다. 매서운 웃음이다. 앨란 후에 쏟아져 나온 사설시조에도 이와 비슷한 노래가 있다.

중은 여승의 머리털을 잡고 여승은 중의 상투를 쥐고,
두 끝을 맞맺고 내가 그르냐 네가 그르냐 짝자꿍이를 쳤는데 뭇 소경이 굿을 보니,
어디서 귀 먹은 벙어리는 그르다 옳다 하느냐.

상투 튼 스님, 굿 보는 소경, 벙어리 말참견이 모두 다 생판 헛소리다. 세상이 뒤죽박죽이 될 때, 있을 수 없는 거짓말도 참말로 여겨지는 것이다. 참말보다 무서운 거짓말도 있다. 사람의 마음이 거칠어지고 천하가 험악해지면 풍자의 칼날이 기승을 부린다.

애당초 비꼬고 야유하는 풍자의 대상은 종교인·정치인·여

성이었다. 종교인에게 바라는 기대가 크기 때문이고, 정치인이 백성을 배반하기 때문이고, 풍자가 가운데 여성이 없었기 때문이었다. 그 가운데, 특히 벼슬아치들이 없었더라면 풍자는 힘을 잃었을 것이다. 예나 오늘이나 자나깨나 탐관오리의 짓거리를 보면서, 오천만 동포는 소화제를 먹어야 잠을 잔다. 오천 년 역사에 으뜸으로 쳐야 할 풍자의 대상은 나라 팔아먹은 을사오적 乙巳伍賊일 시 분명하다.

일배일배장진주一杯一杯將進酒하여 회빈작주會賓酌酒하사이다.
유주무효有酒無肴하거들랑 고기 잡아 회쳐볼까.
전천前川에 떼 많은 송사리 병어 준치 모두 낚아.
• 「장진주」

1909년 2월, 망국 전야에 『대한매일신보』에 실린 시조다. 얼핏 보면, 이백이나 송강의 술 권하는 노래와 닮았다. 친구끼리 한잔 먹세 두잔 먹세 하다가 안주가 떨어지면 앞내에서 고기 잡아 회를 쳐서 먹자고 한다. 농촌의 한가로운 천렵을 노래한 서정시인 듯하다. 그런데 종장의 송사리·병어·준치의 첫 자를 나열해보면, 물고기가 아니라 매국노 송병준宋秉畯이 된다. 이 시는 나라 잃은 민중의 분한 마음이 하늘을 찌를 듯 격렬하게 북받쳐 오르는 증오, 저주의 풍자시조라 하겠다. 야유·고발·풍유가 극단에 이르면 이렇듯 살벌하고 섬뜩한 풍자가 된다.

사나운 풍자의 세상이 사라지고, 부드러운 해학의 세상이 되기를 모든 사람은 바란다.

• 2000

웃다가 울고 울다가 웃다

 칠천만 동포가 『심청전』을 다 보지 않았다 하더라도 청이의 효심은 우리네 가슴에 늘 자리 잡고 있다. 심 봉사가 동냥젖을 빌어서 키운 자식이 왕후가 될 때까지, 아버지와 딸이 겪는 슬픔은 하늘을 찌른다. 소리꾼이 진양조 중모리로 처량하게 「심청전」을 부를라치면, 청중들은 억수로 흐르는 눈물과 콧물을 훔쳐낸다.

그런데 알다가도 모를 노릇이다. 초상집에서 생뚱맞게 방귀를 뀌듯이 울음보가 터진 마당에서 가끔 웃음보가 새어 나오니, 모르다가도 알 일이다. 말하자면, 심청이 세상에 나오는 대목에서 심 봉사가 하는 짓거리를 보면 하 기가 막힌다.

곽씨부인 정신 차려 가장더러 물어,

"남녀간에 무엇이오?"

봉사라 하는 것이 섭섭한 일을 보면 매양 웃것다.

"허허"

아기 샅을 만져보니, 걸림새가 하나 없이 나룻배 건너가듯 손이 미끈 지내가니,

"아마도 묵은 조개가 햇조개를 낳았나 보."

곽씨부인 대답하되,

"만득으로 낳은 자식, 딸이라니 원통하오."

심씨 가문에 이런 재변 따로 없다. 딸을 떡 낳았으니 입신춘 세 효자충신 어딨으며, 제삿밥 얻어먹기도 다 틀렸다.

애비가 딴전을 부리지 않았으면, 삼줄을 치기 전에 모녀가 자 지러졌겠다. 달고 나와야 할 고추가 없다고 하면 될 것을, 나룻 배 지나가듯 손에 걸리는 것이 없이 미끈 지내가니, 필시 '묵은 조개가 햇조개를 낳았다'고 익살을 부린다. 청중은 어느 듯 슬 픔을 까먹고 웃음보를 터뜨린다. 우리네는 울음이 지나치면, 웃 음으로 달래고 어루만지는 생활의 지혜를 지니고 있다. 심 봉 사만 섭섭한 일을 보면 매양 웃는 것이 아니다.

새색시 시집 와서 처음으로 진수성찬 밥상 들고 시부모 앞에 놓다가 방귀를 뀐다. 며늘아기 내일이면 보따리 싸들고 삼수갑 산을 갈 망정 웃기를 먼저 한다. 요조숙녀 칠보단장하고 얼음 판에 엉덩방아를 찧고도 남이사 어쩔망정 깔깔대고 본다. 페널 티킥을 날려버린 축구스타도 감독을 보고 씩 웃는다. 심지어 사형선고를 받는 순간에도 죄수는 재판관을 흘기며 석굴암 부

처님도 흉내낼 수 없는 미소를 짓는다. 죽고 살기로 산통을 겪는 곽씨부인 곁에서 방정을 떠는 심봉사는 꾸며낸 사람이지만, 저승길에 실제로 웃음판을 벌인 대소장부大笑丈夫가 있다.

지금으로부터 500년 전, 조선조 명종 때, 이름난 문장가 임형수林亨秀가 있었다. 그는 한세상 펴보지 못하고 당쟁에 휘말려 귀양을 가게 되었는데, 섬에 닿기도 전에 사약을 받았다.

죄인은 상 위에 있는 약사발을 물리치고 집행관에게 청하였다.

"구태여 약을 마실 게 아니라 목을 매게 해주오. 저 방에 들어가서, 내 이 끈을 목에 걸 테니 밖에서 잡아당기시오. 죽기는 일반 아니오?"

그럴싸하여, 관원이 그 소원을 들어주었다. 이내 문밖으로 나온 줄을 포졸들이 잡아당겼다. 방 속에서 아무 기척이 없자 방문을 열어보았다. 사형수는 방바닥에서 활개를 펴고 누워서 웃고 있고, 당긴 끈은 목침에 매달려 문턱에 걸려 있었다.

"내 호기 있는 남아로서, 죽기 전에 마지막으로 장난 한번 쳐본 것이오. 자, 요번에는 진짜로 목을 묶을 터이니 잡아당기시오."

요로코롬 일세의 호걸은 세상을 떠나고 말았다.

삶과 죽음의 복판에서 사형수는 놀라운 말과 몸짓으로 김선

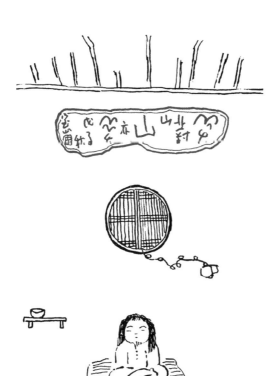

달이 뺨치게 농을 걸고 너스레를 떨면서 인생의 마지막을 웃음으로 장식하였다. 이 선비는 생사를 초탈한 골계의 극치를 연출하였다고 하겠다. 저승에 한 발을 들여놓고도 이승에서 가가대소呵呵大笑한 대소인大笑人이야말로 진실로 사내대장부라 할 만하다. 울 자리에서 웃는 조선 사람의 감성을 접하고 일찍이 서양 사람도 놀라고 당황하였다.

철의 장막을 쳐놓아도 맥을 못 출 터인데, 대원이 대감이 쳐놓은 싸리나무 커튼이 성할 리가 없었다. 서양 오랑캐들까지 긴 가라장이로 조선의 싸리나무 울타리를 넘나들었다.

마이텔은 장안에 세운 법학교 교장이었다. 그는 참한 조선 여인을 가정부로 두었다. 어느 날, 가정부가 주인장 앞에서 할 말이 있는 눈치를 보였다. 입술만 비죽거릴 뿐, 무슨 말을 하려다 말려다 하였다. 눈가에는 모나리자의 미소가 서려 있었다. 감질이 난 교장이 하도 답답하여 다그쳤다. 여인은 나오는 엷은 웃음을 손으로 가리며 입을 열었다.

"어머님이 돌아가셔서 시골에 가야겠습니다."

파란 눈이 진노하였다.

"부모가 세상을 떠났는데 웃다니!"

교장은 노발대발하였다. 가정부 아주머니는 입을 감싸고 웃고 웃었다. 더 모어 스마일 더 모어 앵그리하였다.

글썽거려야 할 자리에서 여인은 가녀린 미소를 띠고 말았다. 교장 선생님은 육법전서는 통달하였으나, 조선 여인의 심성을 도통 몰랐다. 웃는 낯에 침을 안 뱉는 조선인의 마음씨를 어림 반 푼어치도 모르고 침을 뱉었다. 우리네는 울어야 할 자리에서 웃을 뿐 아니라 웃어야 할 자리에서 울기도 한다. 울다가 웃고 웃다가 울기에 이골이 나고 보니, 마침내는 수만 목숨이 초죽음이 되어도 열쑤열쑤 빅장대쇼를 하기도 한다. 내광내 신재효申在孝가 엮어놓은 「적벽가」 한 대목을 볼짝시면, 사람이 떼지어 죽어나는 판에 흥겨운 웃음판이 널브러진다.

불 속에 타서 죽고 물 속에 빠져 죽고, 총 맞아 죽고 살 맞아 죽고, 칼에 죽고 창에 죽고, 밟혀 죽고 눌려 죽고, 엎어져 죽고 자빠져 죽고, 기막혀 터져 죽고 팔 부러져 죽고, 다리 부러져 피 토하며 죽고 똥 싸다 죽고, 웃다 죽고 뛰다 죽고, 소리 지르다 죽고 달아나다 죽고, 앉아 죽고 서서 죽고, 가다 죽고 오다 죽고, 이갈며 죽고 주먹 쥐고 죽고, 죽어보느라 죽고 하 서러워 죽고, 동무 따라 죽고 수없이 죽은 것이 강물이 피가 되어 적벽강이 적수강赤水江.

광대 목청 높여 조조의 군사 죽어나는 몰골을 자진머리로 주워섬기면, 청중들은 처절한 대목에서 배꼽을 싸매고 웃어제낀다. 수만 대군이 서로 치고받고 자르고 찌르는 마당에 죽는 모양새도 가지각색, 다 세려고 들다간 숨이 차다. 세상에 죽어보느라 죽는 사람이 어디 있는가. 한국인은 울음을 웃음으로 정화하였다. 그것은 인간의 죽음이 그 삶과 늘 더불어 있다는 천리를 깨달은 때문이다.

우리가 웃는 곁에 울음이 같이 있고 울음의 바닥에 웃음이 깔려 있다. 너무 좋아서 울고 너무 슬퍼도 웃는다. 우는 것이 웃는 것이고 웃는 것이 우는 것이다. 세상만사 새옹지마다. 웃음과 울음, 행복과 불행, 희극과 비극은 따로 있지 않다. 인간 감정의 맨 위에 있는 웃음과 울음을 하나로 본 한국인의 통찰은 놀랍다. 우리는 이런 웃음과 울음의 이치가 진작 우리말에 뿌리를 두고 있는 사실을 깨치고 더 놀란다.

웃다에서 시옷을 버리고 울다에서 리을을 떼어내면 우다가 된다. 애당초 '우다'에서 울다와 웃다가 파생되었다. 우다는 울다와 웃다를 아우르는 말이었다. 한 낱말이 인간의 두 갈래 극한 감정을 아울러 지니고 있는 단어는 온 세상 어느 나라의 말에도 없다.

『한국속담사전』에 나타나 있기를, 이태백이하고 셰익스피어가 달겨들어도 하지 못할 말씀이 있다.

"우리 할매 우나 웃으나 매한가지."

  • 2000

248

그 나라 그 웃음

요새도 그렇기만, 그때 서울에서 국제펜대회가 열린다고 하니까, 시민은 그게 만년필이나, 볼펜이나 사인펜 전시회인 줄로 알았다.

뭔고 하면 이렇다. 펜을 놀려서 먹고 사는 시인poets, 극작가 playwrights, 편집자editors, 비평가와 수필가essayists, 소설가novelists의 첫 자를 따서 PEN이라는 국제펜클럽의 명칭을 삼았는데, 문인들의 필수품인 펜과 맞아떨어졌다.

1927년 영국에서 창설한 국제펜클럽은 세계문인들의 친교를 도모하고 국제 간의 이해 증진을 목적으로 하는 세계작가회이다. 이 PEN은 해마다 세계 여러 나라를 번갈아가며 한데 모여서, 문학의 제 문제를 논의하고 핍박받는 문인들의 구명운동을 벌이기도 한다.

1970년 6월, 제27차 PEN대회가 서울에서 열렸다. 노벨문학상을 탄 중국의 임어당, 일본의 가와바타 야스나리 등 세계의 문인들이 한국에 왔다. 서울대회의 논제는 '동서문학의 해학'이었는데, 말하자면 유머월드컵이라 할 만하였다.

70년대라면 동서냉전이 가시지 않은 때였고 한국은 시퍼런 군사독재 시대였는데, 이와 같은 울음의 시대에 웃음마당을 차렸으니 웃음이 절로 날 일이었다. 그나저나 신소리를 쟁여놓은 내 뒤지가 바닥이 나서, 밑바닥 송판을 긁어설라무니 30여 년 전 서울에 남겨놓고 간 여러 익살꾼들의 서너 자리 우스개를 다시 한 번 음미해보려고 한다.

우선 이웃나라 일본의 작가 소노 아야코의 섬나라 우스개를 들어볼까 한다. 이 연사는 한평생 코에 탈이 가시지 않는 모양, '이름이 아야 코'이니 말이다. 말문을 열기를 시골 우스개가 있고 대처 우스개가 따로 있는데, 시골 우스개를 소개하겠다고 하였다. 우스개도 상하귀천이 있는 모양이다.

한 처녀 의사가 농촌에 산부인과 병원을 차렸다. 여의사는 그 고을의 무식한 부인들을 열심히 찾아다니며, 자기 병원에서 분만하도록 타일러서 어느 정도 성공하였다.

어느 날 옥동자가 태어났는데, 산모는 말할 것 없고 아버지도 좋아서 어쩔 줄을 몰랐다. 아빠는 의사에게 고마운 말을 잊지 않았다.

"선생님, 감사합니다. 제 처가 순산하고 모자가 건강합니다. 은혜를 갚아야겠습니다. 이 배추가 시장에선 백 원인데,

선생님께 80원에 드리겠습니다."

의사는 80원을 주고 배추를 샀다. 원장이 퇴근길에 시장에 들른 김에 값을 알아보니, 아까 배추보다 더 탐스런 것이 한 포기에 50원이었다.

다음날 여의사는 더 큰 사례를 받게 되었다. 그 마을의 한 청년이 찾아와서 이 미혼의 의사에게 간절히 말하였다.

"저희 마을에서 많은 애기들이 건강하게 분만하였습니다 선생님, 감사합니다. 그러니 그 답례로 우리는 이제 선생님이 애기를 낳게 도와드려야 할 줄로 생각합니다."

시골놈이 한양 양반 뺨친다는 말이 있다. 제 처의 순산을 도와준 여의사에게 은혜를 갚는 바깥양반의 예의가 얄궂다. 배춧값을 깎아준 것이 아니라 곱절 가까이 받는다. 보은이 아니라 봉을 잡는다. 이 마을 사람들은 은혜를 갚는 방식이 성인의 가르침과 생판 다르다. 애를 잘 낳게 해준 여의사에게 아이를 만들어주겠다는 떠꺼머리총각이 나타나기도 한다. 양반 고을이 아니라 상놈 고을이다. 세상에 곧이들어서 안 될 말이, 늙은이가 살면 얼마나 살겠냐고 하는 푸념이요, 장사꾼이 밑지고 판다는 엄살이다. 밑지고 준다는 말은 두 배쯤 남겼다는 말이다.

이 우스개는 상인의 본성을 말해준다. 돈 되는 일이라면 무엇이나 가리지 않는 것이 상인의 속성이다. 인간의 욕심은 끝도 한도 없다. 시골 우스개가 대처 우스개보다 수악하다. 그래서 우습다. 그런데 상인이 부리는 욕심은 당연하지만, 깊은 산중의 스님이나 붉은 벽돌집에서 사는 신부가 탐욕을 일삼는다면, 꼴불견 웃음거리가 된다. 터키의 시인 야자르 나비 나위르는 자기 나라의 흰소리를 소개했는데, 일본 상인이 터번을 쓰고 나타난 꼴이었다.

커다란 터번을 쓴 회교승이 물에 빠져 살려달라고 소리치며 허우적거리고 있었다. 사람들이 모여들어 그 가엾은 사람에게 손을 내밀고 소리를 질러댔다.

"손을 내시오. 손을 내놓으시오."

허나 그 중은 귀머거리가 되었는지, 들은 척도 않고 연신 고함만 지를 뿐이었다. 그러자 한 사람이 물가에 모인 군중을 헤치고 나서서, 자기 두 손을 내밀며 스님에게 말하였다.

"내 손을 잡으시오."

그 말을 듣자, 그 중은 비로소 제 손으로 구원자의 손목을 잡고 물에서 빠져나왔다. 거기 있던 구경꾼들은 영문을 알 수 없었다. 구원한 사람의 대답은 이러했다.

"나는 그 녀석을 잘 알고 있소. 그는 구두쇠라, 절대로 제 것을 남에게 주려고 하지 않소. 그래서 나는 '손을 내시오' 하지 않고, '내 손을 잡으라'고 했더니 잡고 나온 것이오."

회교승을 욕심꾸러기로 등장시킨 골계다. 몰리에르의 풍자극을 보는 듯하다. 지체 높은 사람이 익살의 대상이 되면, 대개 쓴웃음을 자아내고, 송곳으로 찌르는 풍자가 된다. 터번을 쓴 터키 스님의 세속적 물욕을 비꼬고, 재치있게 말장난을 부려서 더 우습게 만든다. 생사의 순간에도 '내시오' 하니까 재산이 없어지는 줄 알고 손을 오므리던 스님이, '잡으시오' 하니까 재화를 거머쥐는 것처럼 손을 잡고 땅으로 나온다. 일본의 배추장수는 터키의 회교승을 사부님으로 모셔야 한다.

성직자를 꽈배기로 만들어서, 비꼬고 비웃고 망신을 주는 관습은 우리나라에도 있다. 탈춤에 등장하는 먹중, 사설시조에 나타나 있는 스님은 조롱과 야유의 대상이 된다. 이처럼 성직자를 모멸하는 까닭은 당연하다. 그들은 맑은 영혼, 깨끗한 육체를 간직해야 밑엣것들이 보고 배우기 때문이다. 절대자의 가르침을 따르는 길이 극히 어렵기 때문에 동서양을 막론하고 성직자가 풍자의 도마 위에 오른다. 프랑스 작가 토니 메이에르는 신부가 옆집 안방에서 벌이는 질탕짓을 들려주었다.

어떤 후작의 이야기다. 나들이를 하고 돌아온 후작이 방에 들어와 보니, 부인이 거의 옷을 입지 않고 주교신부의 팔에 안겨 있었다.

그러자 후작은 급히 창가로 가더니, 지나가는 사람들에게 양손을 벌리고 축복을 내리는 것이었다. 부인이 놀라서 물었다.

"당신 무엇하오?"

남편이 대답하였다.

"내가 할 일을 주교님이 하시니, 나는 주교님이 맡은 일을 해드려야지."

주교의 비행을 야유하는 풍자다. 주교님이 남편 구실을 하니까 남편이 주교 역할을 한다. 썩 논리적이다. 그러나 논리적 판단이 지나쳐 이 가정의 앞날이 걱정된다. 웃음의 세계는 무궁무진하다. 신부에게 결투를 신청해야 할 남편이 행인에게 축복을 내리고 있으니 기가 찬다.

이 우스개를 보고 우리는 한참 머뭇거리다가 약간의 미소를 짓는다. 즉석에서 충청도 사람들을 웃길 재주가 없다고 한다. 모두 다 집에 가서야 웃기 때문이다. 프랑스인의 유머는 다음 날이나 돼야 웃음을 자아낸다.

음악과 미술은 국경이 없다고 한다. 유머는 반드시 그렇지 않다. 프랑스인의 유머감각과 우리의 유머감성은 에펠탑과 남대문이 다르듯이 일치하지 않는다. 파리에서 선풍을 일으킨 프랑스 코미디 영화가 서울 극장가에서는 파리를 날리는 때가 있다. 프랑스식 유머를 에스프리라고 하는 연유가 있다. 돌을 씹고 우거지상으로 웃는 웃음이 에스프리다.

나라마다 겨레마다 그 나라 특유의 유머, 웃음의 특수한 색채, 익살의 독특한 성격이 있다. 세계 유머의 원조로 영국을 꼽는다. 그 영국의 웃음도 우리에겐 낯설 때가 있다. 말하자면, 제 나라마다 제 나라의 고유한 웃음이 있다. 30년 전 서울에서 열린 유머월드컵은 우리에게 기국기소^{其國其笑}의 묘미를 보여주었다

• 2000

한국 수필의 골계이론

골계이론 뒤돌아보기

1960년대 우리나라는 웃음의 땅이 아니고 웃음을 잃어버린 세상이었다. 그 암울한 시대에 태평하게 수필을 논하고 웃음을 말한 학자가 있었다. 그가 바로 윤원호尹元鎬 교수였다.

그는 논문 「웃음과 수필」을 이화여대 80주년 기념 논문집(1966)에 발표하였다. 순한글로 제목을 붙인 이 글은 수필문학과 여러 갈래의 웃음과의 관계를 학문적으로 다룬 연구였다. 전쟁의 상처가 남아 있던 1950년대 후반, 학계에서는 여러 학자가 참여하여 골계의 본질을 따지는 맹렬한 논쟁이 벌어졌는데, 이때 정립한 골계이론이 그 후 문학작품의 골계성을 연구하는 이론의 전범이 되었다. 김사엽金思燁, 이어령李御寧 등이 괄목할 만한 골계이론을 전개하였다. 아마 윤원호는 그들이 논의한 웃음의 논리를 수필작품에 적용해보려는 의도가 있는 듯하였다. 그러나 논문의 결론은 웃음이 전적으로 수필의 편은 아니었다(본문에서 익살·골계는 웃음의 총칭으로 쓴다).

웃음을 수필의 속성이라고 단정하고 그 이론을 따랐다면, 한국 수필의 양상이 달라졌을 것이다. 그런데 한국 문단에서 수필의 골계성을 주장한 논의는 이미 1930년대에 제기되었다. 1930년대는 절망의 시대였다. 조선 식민지화가 완성 단계에 이르고 있었다. 문인들이 펜을 들고 나라를 찾기는 글렀고, 글이나 갈고 다듬고 지낼 수밖에 없었다. 오늘의 한국 수필 문단이 황금시대라고 자화자찬을 하는데, 1930년대의 수필 문단도 전성시대를 구가하였다. 문필가든 비문필인이든 수필은 모든 지식인이 즐겨 쓰는 장르였다. 문예지가 쏟아져 나오고 신문에도 수필란이 화려한 면을 차지하였다. 1938년 창간한 수필 전문잡지 『박문』博文과 본격적인 문예지 『문장』文章, 1939, 『인문평론』人文評論, 1939은 작품성과 예술성이 풍부한 수필 창작의 산실이었다. 그때 한국 최초의 『조선문학전집』1928 전 7권이 간행되었는데, 그 중 5권이 수필기행집이었다. 얼마 전까지만 해도 30년대의 수필이 교과서의 거의 전부를 차지한 현상은 당시 수필문학의 위상을 말해준다고 하겠다.

이와 같은 본격 수필의 형성기를 맞아 수필 작품을 애독하고 감상하는 차원을 넘어, 수필의 문학개론적 이론의 정립이 필요하게 되었다. 수필문학에 관한 이론의 모색은 김기림金起林· 김광섭金珖燮· 임화林和 등 주로 시인들에 의해 시도되었다. 이들은 수필문학의 내용과 형식, 장르의 문제와 문체를 따졌는데, 공통적으로 수필의 골계성에 대하여 논급하였다. 시인이며 수필가였던 김기림은 수필의 골계성을 중시하고 매우 강조하였다.

> 향기 높은 유머와 보석과 같이 빛나는 위트와 대리석같이 찬 이성과 아름다운 논리와 문명과 인생에 대한 찌르는 듯한 아이러니와 패러독스와 그러한 것들이 짜내는 수필의 독특한 맛이 이 시대 문학의 미지의 처녀지가 아닐까 한다.
>
> • 「수필을 위하여」, 『신동아』(1933년 9월호)

김기림은 한국 수필의 처녀지의 개척이 당대 문학의 미지의 과제라고 주장하고, 그 처녀지를 개발하면 거기에서 유머와 위트와 아이러니가 짜내는 독특한 맛을 얻을 수 있다고 강조하였다. 수필문학의 골계성을 강조한 이 주장은 놀라운 발상이고 괄목할 만한 이론이었다. 김기림이 시사잡지의 문예시평란에 수필론을 발표한 지 4개월 후, 김광섭은 문예전문지에 「수필문학소고」를 썼다. 이 글은 비록 짧은 문장이었으나 수필문학의 본질을 집약한 명수필론으로서, 70년이 지난 지금까지도 교과서와 문학개론서에 실려 있고, 수필이론의 헌법으로 회자되고 있는데, 이 글에서도 수필의 유머와 위트의 효용성을 재론하였다.

이렇게 잡다한 모든 것이 그냥 그대로 내용이 될 수 있는 수필은, 단순한 기록에 그쳐서는 우리의 흥미를 긴장시키지 못할 것이다. 거기에는 유머가 있어야 하겠고 위트가 있어야 한다. 전자는 무의식적 소성素性에서 피는 꽃 같은 미소요, 후자는 지혜와 총명의 샘과 같다. 이 천성스런 유머와 보석 같은 위트는 수필의 본성같이 인식되어, 일대의 수필가 램이나 해즐릿에게 있어서 빛나고 있다.

• 「수필문학소고」, 『문학』(1934년 1월호)

김광섭은 수필은 흥미가 있어야 한다고 서술하고 있다. 그리고 수필을 읽는 재미는 글이 담고 있는 유머와 위트에서 발생하고 유머가 천성적이라면 위트는 지성의 산물이라 하였다. 골계성이 속성은 아니지만 그 속에 숨어 있는 해학과 기지로 인하여, 위대한 수필작품이 창작된다고 피력하였다. 다시 말하면 골계성이 없는 수필은 훌륭한 작품이 될 수 없기 때문에, 골계적 요소는 수필의 속성은 아니지만 본질과 같이 인식된다고 강조하였다.

지금까지 한국 골계수필의 이론사를 뒤돌아보았는데, 1960년대 이후 한국 수필문학의 비약적 발전과 더불어 골계수필의 영역이 넓어지기도 하였다. 한국 최초의 수필문학 개론서인 『수필 ABC』[1965]에서 최승범崔勝範은 유머와 위트를 수필의 본질이라고 서술하였다. 1972년 창간되어 수필 문단에 지대한 공적을 이룩한『수필문학』은 1980년 1월호를 유머수필을 특집으로 장식하였다. 또한 박연구朴演求는 한국 유머수필 58선『바보들의 천국』[1984]을 출간하였다. 근간에는, 김태길·공덕룡 등이 수필의 골계성을 언급하였고, 골계 수필집으로 공덕룡은 『웃음의 묘약』[1991]을, 서임수는『삼천궁녀 거느리는 뜻은』[1990]을 선보였다.

모아놓은 웃음과 찾아낸 웃음

우리 주위에 산재한 웃음거리, TV나 신문에 보이는 비웃음거리를 늘어놓은 글은 진정한 골계수필이 아니다. 이런 수필작품은 작가가 손쉽게 얻은 웃음거리를 모아놓았을 뿐, 작가의 창작이라 할 수 없다. 작가는 수동적으로 웃음을 수용할 뿐이고, 그러한 골계 상황을 연출한 자는 작가가 부딪친 대상 자체이지 작가가 창출한 웃음이 아니기 때문이다. 이런 골계수필의 웃음은 작가가 창조한 웃음이 아니라, 작가에 의해서 발견된 웃음이거나 단순히 목격된 웃음이다. 이런 웃음을 객관적 골계라 하고 그런 것만 나열한 글을 객관적 골계수필이라 한다. 웃음을 모아놓은 것은 진정한 골계수필의 범주에서 제외된다. 한

『수필』손재형 서 『현대수필』서희환 서 『월간 에세이』김충현 서

『에세이스트』정병례 서 『계간 수필』김응현 서 『수필시대』조중석 서

『창작수필』송성용 서 『수필춘추』이상우 서 『수필과 비평』고임순 서

『한국수필』김충현 서 『수필문학』김창현 서 『에세이 21』구암 서

『선수필』홍석창 서 『수필공원』이동렬 서 『현대수필』이건걸 서

국의 골계수필은 대개 객관적 골계수필이다.

소재는 문학의 절대 불가결한 요소다. 웃음거리 없이 골계수필을 쓸 수 없다. 골계수필 작가는 누구나 보고 듣는 웃음거리에서 누구도 보지도 느끼지도 생각하지도 못한 골계성을 찾아내고, 그것을 골계적 형식으로 표출해야 한다. 일상생활에서 웃거나 농담을 하거나 익살스러운 일을 벌일 때, 여기서 그냥 지나친 웃음을 작가만이 찾아내 쓴 글을 주관적 골계수필이라 한다.

모든 동물 가운데 인간만이 골계 감정을 가지고 있다. 웃음은 인간을 인간되게 하는 최상의 감정이다. 골계 감정이 유발시키는 웃음, 주고받는 농담, 익살스러운 일은 골계수필의 우스갯감이다. 웃음거리가 없으면 골계수필을 쓸 수 없다. 골계수필가는 누구나 느끼는 웃음거리에서, 누구도 생각하지 못한 웃음을 찾아내고, 그 웃음을 골계 형식으로 표출한다. 작가가 창조한 웃음을 자신의 개성적 골계 형식에 담지 않으면 골계수필이 아니다. 이와 같이 작가가 웃음을 찾아서 쓴 것을 주관적 골계수필이라 한다.

골계이론의 습득이 쉽지 않고 실제 창작은 더 어렵다. 목석같이 단정한 독자를 글로 웃기기란 대단히 어렵다. 억지로 웃기려 들면 천박해지기 십상이고, 웃음이 지나치면 품위가 떨어진다. 실없이 웃는 자가 비웃음의 대상이 되듯, 실답지 않은 골계수필이 오히려 웃음거리가 된다. 더구나 엄숙주의, 경건주의가 팽배한 수필 문단에서 웃음판을 벌였다간 무뢰한으로 내몰릴 위험이 크다.

수필 문장의 형식이 골계수필과 비골계수필을 결정짓는다. 아내가 바가지를 긁는다.

"쌀이 떨어지고 연탄도 없고 애들 월사금도 못 내고 집세도 밀렸어요."

남편이 타이른다. "여보, 한 마디로 돈 하나가 없다고 하지."

이 농담이 찢어지게 가난한 집안을 구제한다. 감기가 나갈 줄을 모른다. "독감이 내 몸에 들어와서 가장 성공하였다"고 하면, 감기도 보따리를 쌀 것이다. 금의환향한 사나이가 동네 어른들이 계시는 사랑방에 찾아가 인사를 드렸다. 한 노인장이 입을 열기를, "자네가 동경 하버드대학을 나왔다는 소식을 들었지"라고 한다. 방안에 누구도 하버드대학이 미국에 있다고 머퉁이를 주지 않는다. 이 대화는 농촌의 능청맞은 웃음을 말해준다. 첩첩 산골을 묘사하여 "이 마을에 도둑이 들었다간 도적질하는 마음을 도둑맞겠다"고 한다. 도둑도 도적맞을 것이 있다.

소태를 씹는 것 같은 무미건조한 문장 가운데 익살스러운 한 단어, 익살스러운 한 문장, 익살스러운 한 단락이 그 문장을 생동하게 바꿔놓는다. 웃음의 힘이다. 더 나아가 글 전체가 웃음으로 차고 넘친다면, 그야말로 빼어난 골계수필이라 하겠다.

맥없는 사물을 쪼개서 낱낱이 이름을 붙이는 취미를 가진 사람이 학자다. 웃음의 갈래는 실로 사람 수만큼 다양하다. 웃음을 웃으면서 연구하지 않고 울면서 연구한 이론에 따르면, 주관적 골계의 하위개념은 해학·풍자·기지·반어 등이다. 일반적으로 주관적 골계수필을 해학수필·풍자수필로 크게 양분할 수 있다. 대개 기지수필·반어수필이라는 용어는 사용하지 않는다. 기지와 반어는 해학과 풍자와 섞여서 웃음을 증폭시킨다. 해학수필의 웃음은 부드럽고, 풍자수필의 웃음은 사납다.

부드러운 웃음, 사나운 웃음

해학의 웃음은 부드럽다. 가냘픈 미소에서 억센 폭소까지 웃음의 소리와 성격과 태도는 천차만별이다. 악마의 웃음이 있고 모나리자의 웃음이 있고 부처님의 자비스러운 웃음이 있다. 우리 할매는 웃는지 우는지 알 수 없다. 그 많은 웃음 가운데 남의 마음을 아프게 하는 웃음은 해학의 웃음이 아니다. 그 웃음은 여유의 웃음, 화해의 웃음, 합창의 웃음이다. 높은 자리에서 남을 깔보거나 비아냥거리는 웃음이 아니고, 대상에 대하여 낮거나 같은 위치에서 남에게 관대하고 겸손한 웃음이다. 이와 같은 웃음의 소유자만이 훌륭한 해학수필을 쓸 수 있다. 웃음이 없거나 웃음을 잃어버린 자, 지나치게 열정적이거나 격렬한 자도 해학수필을 쓰는 일을 단념해야 한다. 이런 작가는 풍자수필을 쓸 적격자다.

해학은 웃음의 반사운동을 유도해내는 자극의 하나라고 한다. 해학수필가는 독자의 웃음을 자극하는 능력이 있어야 한다. 그리고 그 능력은 선천적이며 기질적이다. 해학 작가는 타고나야 한다. 골계적 성격을 천성적으로 타고난 작가는 하나도 우습지 않은 대상의 태두·동작·표정·말씨 등에서 웃음을 발견하고, 평범한 사물에서도 상상을 초월하는 웃음의 세계를 창조한다. 최상의 해학수필은 무의식적 창조의 소산이다. 고의로 웃기려는 작가는 스스로 조소의 대상이 된다.

웃음을 야기하는 대상은 인간의 불합리·우매·실책·모순·비속 등이다. 이 모든 인간의 부정적 대상은 웃음을 유발하는 요인이 되는데, 이 모두를 부정하는 작문은 해학수필이 아니다. 해학의 세계는 긍정을 위한 부정은 있으나 부정을 위한 부정은 없다. 부정을 부정하는 웃음은 거칠고, 부정까지도 긍정하는 웃음은 높은 차원의 골계다. 해학은 인간의 모든 비행·부정조차 포용하고 인간의 정신적·육체적 결함까지도 초월하는 웃음이다. 긍정의 대상이든 부정의 대상이든 웃음으로 색칠하는 문장이 해학수필이다. 그러나 세상에는 부드러운 바람이 늘 불지 않고 사나운 폭풍이 불어닥칠 때도 있다. 이 사나운 웃음이 풍자의 웃음이다.

풍자의 웃음은 거칠고 억세고 사납다. 나와 네가 같이 웃는 웃음이 해학이라면, 나와 이웃은 웃지만 너는 우는 웃음이 풍자다. 세상에는 웃을 일이 많지만, 비꿀 대상은 더 많다. 인간의 부정·악습·우행愚行·위선·악덕이 영원히 존재하는 한 풍자의 대상은 무궁무진하다. 풍자는 이와 같은 인간의 비행을 야유하고 고발하고 폭로하고 조소하는 쓰디쓴 웃음이다. 풍자의 대상은 개인은 물론 인간이 어지럽힌 사회·정치·국가, 전 인류와 전 세계를 포괄한다. 이와 같은 풍자정신에 입각한 문학 행위는 사회문학·정치문학이 된다.

해학의 웃음 속에는 너와 내가 같이 있고, 풍자의 웃음 속에는 나는 밖에 있고 너는 안에 있다. 해학의 주체는 낮은 자리에 있고, 풍자의 주체는 높은 자리에 있다. 그러므로 해학은 대상과 같이 웃고, 풍자는 대상을 비웃는다. 해학이 사물에 대하여 긍정하는 태도에서 발생하는 데 반하여, 풍자는 비행, 부정에 대한 공격, 부인의 양식이다. 풍자의 목적을 달성하기 위하여 역설·반어·과장·축소·기지 방식이 동원되고 때로는 폭언과 욕설을 퍼붓고 마침내 풍자의 의지가 흔들릴 때 냉소·자조의 경우에 이른다. 이와 같은 풍자의 태도에서 발생하는 문학은 분노문학·증오문학이 된다.

분노문학·증오문학·사회문학·정치문학이 어떻게 풍자문학·풍자수필이 될 수 있는가? 풍자에 해학이 내포되어 있으면 풍자수필이고 해학이 없으면 비풍자수필이다. 풍자수필도 주관적 골계수필의 한 갈래이기 때문에 반드시 웃음을 수반해야 한다. 다만 해학수필의 웃음은 일차적 요건이지만, 풍자수필의 웃음은 이차적으로 부수되는 웃음이다. 그러므로 풍자＋해학＝풍자수필의 등식이 성립된다. 풍자와 해학이 손을 잡고 풍자의 칼날을 둔화시킨다. 모든 문학 행위는 인간의 선행을 장려하고 비행을 교정하는 역할을 담당한다. 웃음이 가미돼 풍자수필 또한 인간주의 정신에 뿌리를 둔다.

어느 시인은 '꽃송이로도 때리지 마라'고 하였다. 어떤 스님은 남의 속을 찌르는 송곳 말, 머리를 내리치는 도끼 말, 몸을 때리는 작대기 말이 성행하는 사회를 꾸짖었다. 웃음을 대동하고 있다 하더라도 풍자수필은 인상이 험하다. 더구나 한국의 작가는 으레 목욕재계하고 정좌하고 글을 쓰는 타성이 있어서, 익살을 부리는 글 옆에 가지도 않는다. 풍자수필이 뿌리내릴 만한 문단 풍토가 아니다. 해학수필이 거의 보이지 않고 풍자수필은 찾아보기가 힘들다.

해학수필을 위하여

시인 서정주는 생시에 "요새 한국의 시는 맛이 없다"고 꾸짖었는데, 맛이 없다는 꾸지람은 시작품이 재미가 없다는 말이다. 오늘의 한국 수필은 재미가 있는가? 독자가 수필을 읽으면서 느끼는 재미는 먼저 작품의 고도한 작품성과 예술성에 있겠으나, 해학수필과 풍자수필이 그 재미의 조그만 영역을 차지할 수 있겠다. 재미없는 수필은 독자가 외면한다.

재미없는 이 졸필이 재미있는 수필을 쓰는 계기가 되었으면 한다.

해학수필이라는 용어는 낯설고, 유머에세이라는 외래어가 낯익은 시대가 되었다. 우리 웃음을 표현한 글을 유머에세이라고 부르는 우스운 시대에 우리는 살고 있다. 이 글을 쓰면서 서양인이 만들어놓은 미학이론의 용어를 끌어다 썼으나, 웃음을 논의하는 학술용어도 우리말로 바꿔야 할 과제가 남아 있다고 생각한다.

• 2005

예술과 익살

내 배 고프면, 남의 입에 든 밥이라두 빼앗아 머는 사람, 제 집 뒤주가 바닥나면, 옆 집 담을 넘는 사람은 이해할 수 없을 것이다. 화가 이중섭李仲燮은 '내가 밥을 먹으면, 이웃의 누군가는 나 때문에 굶어야 한다'고 여기고, 먹기를 거부하고 마침내 저 세상에 갔다. 이 죽음을 두고 웃자니 애처롭고 울자니 멋쩍다. 그의 죽음이 웃음과 울음을 아우르고 있는 것처럼 그림도 울음의 세계와 웃음의 세계를 나타냈다. 본래 울음과 웃음은 하나의 감정이다.

　이 화백은 소나 까마귀를 그렸는데, 소년·게·꽃을 그리기도 했다. 빨가벗은 소년이 뒤틀려 있는데, 난데없이 게가 나타나 그놈의 고추를 물고 늘어진다. 이런 웃기는 그림은 이 화백 말고는 그리지 않았다. 88올림픽 개막식전을 찬란하게 꾸몄던 이만익李滿益 화백은 이중섭 화백의 소년 대신 호랑이를 등장시키고, 게 대신 자라가 나타나 호랑이 불알을 깨물고 있는 그림을 민화풍으로 그렸다. 게 집게발에 물린 고추가 더 아픈지, 자라

269

이빨에 물린 부자지가 더 고약한지 모를 일이다. 익살스러운 그림은 우리를 즐겁게 한다. 이런 그림을 골계화라고 명명할 법하다.

한국 골계화의 전통은 넓고 깊다. 화성畵聖 김홍도金弘道의 씨름을 보자. 두 장정이 들러붙어 힘을 겨루고, 둘러앉은 구경꾼들의 눈이 거기 쏠려 있는데, 엿장수 아이놈은 돌아서서 오불관언이다. 신윤복申潤福의 심계유곡도深溪幽谷圖를 보면 화공의 익살이 대단하다. 단옷날 아가씨들이 젖가슴과 허벅지의 속살을 드러내고 몸을 씻고 있는데, 동자승이 저쪽 바위틈에 숨어서 엿보고 있다. 이 동자승은 틀림없이 큰 스님이 되겠다. 혜원은 이 춘화 때문에 도화서圖畵署에서 쫓겨났다고 한다.

한국예술의 골계성은 화폭에만 국한되지 않는다. 음악·연극·조각·문학이 나타내는 웃음은 무궁무진하다. 판소리는 연극이며 음악이며 문학이다. 대사도 우습지만 아니리가 섞는 익살은 웃음의 극치를 이룬다. 소리하던 광대가 난데없이 고수를 보고 '야, 이 쎄려죽일 잡것아, 북 좀 잘 쳐라. 명색이 북으로 밥술이나 먹는다는 것이 요 모양이여' 하고 꾸짖는다.

가면극은 희극이다. 웃기기 위하여 펼쳐놓은 마당극이다. 단원이나 혜원의 그림이 보여주는 부드러운 웃음이 아니라 거칠고 사나운 웃음이다. 바로 풍자극이다. 썩어빠진 양반과 사이비 스님에 대한 격렬한 통박이다. 봉산탈춤에 등장하는 샌님은 한

줄로 성이 안 차 두 줄 언청이이고, 도련님은 입비뚤이이다. 양반들이 모두 병신육갑을 하면 더 즐겁다. 통영오광대의 말뚝이는 양반의 근본을 뭉갠다. '셋째 양반 널로 두고 말을 하면, 너한 어미에 애비가 둘이로다. 한쪽은 홍가가 만들었고, 한쪽은 백가가 만들었으니' 하고 비꼰다. 양반사회에서 용납할 수 없는 육담욕설이지만, 상하귀천 모든 관중이 웃음바다를 이뤘다.

신라 향가에 나타나 있는 고졸한 웃음, 고려 속요에 표출되어 있는 에로틱한 웃음, 조선의 소설·시조에 표현되어 있는 걸쭉한 웃음과 당대의 모든 문학작품에 나타나 있는 골계성은 한국인의 풍부한 정서를 함유하고 있다. 골계 사설시조만을 보더라도 그 해학성과 풍자성이 놀랍다.

'중놈은 승년의 머리털을 손에 친친 휘감아 쥐고, 승년은 중놈의 상투 풀쳐 손에 친친 옭걸어 잡고, 두 꼬뎅이 맞맺어, 이 외고非: 그르고 저 외다고 작작공이 치는데, 뭇 소경놈들은 굿 보는구나. 그 곁에 귀먹은 벙어리는 외다 옳다 하더라.'

머리털이 있는 스님, 구경하는 소경, 벙어리의 말참견은 불가능하다. 매우 엉뚱한 발상이 웃음의 소재가 되었다.

한국사람은 길을 걸어다니면서도 모래알을 씹고 다닌다고 흉을 보는 외국인이 더러 있다. 그러나 한국인은 본래 놀기 좋아하고 웃기 좋아하는 민족이다. 얼마나 익살을 부리는가. 욕을 할 때도 그냥 욕설이 아니다. '저 육시할 놈, 벼락을 쫓아가서 제 나이 수대로 맞아 죽어라'한다. 이런 상욕은 셰익스피어도 흉내낼 수가 없다.

한국인의 해학은 연극·음악·문학의 세계뿐 아니라, 경건하고 엄숙해야 할 종교의 세계에도 뻗쳐 있다. 백제인의 미소가 보이는 서산 마애삼존불의 웃음은 신비롭다. 한쪽이 떨어져 나간 소면笑面 와당은 신라인의 미소를 웅변한다. 옛날 우리 겨레의 총체적 웃음의 극치를 이룩한 작품이 금동미륵반가사유상이다. 세상에서 가장 유명하다고 하는 모나리자의 미소는 미륵반가상의 미소를 따를 수가 없다. 석굴암 여래상의 적조미寂照美의 세계는 저 가섭迦葉의 염화미소보다 차원이 높다.

같이 웃는 웃기기를 해학Humor이라 한다. 비꼬는 웃음을 풍자Satire라 한다. 이밖에 시치미 떼는 웃음을 반어Irony라 한다. 재치있는 웃음을 기지Wit라 한다. 이 네 가지 웃음을 총칭하여 골계Comic라 한다. 이런 교과서적인 화두를 꺼낸 까닭은, 한국의 모든 예술은 해학성과 풍자성이 하나의 전통으로 이어져 왔는데, 서예술만은 해학성도 풍자성도 거의 찾아볼 수 없다는 문제를 제기하기 위함이다. 재치가 보이는 글씨나 있을까. 웃음은 인간 정서의 매우 중요한 자리를 차지하고 있다. 그런데도 골계적 서예술의 창작은 신성불가침의 영역인가. 김창환金昌煥 서백의 '용'龍자는 그 크기에 놀랄 뿐 우습지는 않다. 이창렬李昌烈 화백이 그린 물방울과 짝이 되어 있는 한자는 견고하기만 할 뿐이다. 이항성李恒星의 판화는 한자의 추상화이지 거기 골계성은 없다. 다산茶山의 풍자시를 썼다고 해서 풍자서예가 아니다.

서예를 서도書道라 한다. 도는 종교의 세계다. 서예는 정도를 벗어나서는 안 된다. 엄숙하고 경건해야 한다. 절제가 동반된 균형미가 생명이다. 심각하고 무거운 세계에는 해학이 존재할 수가 없다. 골계서예 창조를 제창하는 자체가 해학적인 주장일지 모른다. 앞서가는 젊은 서예인이 많은 우리 서단에서 글씨가 부리는 익살을 한 번쯤 시험해볼 만하다. 한자의 못자리판을 만들어놓은 열두 폭 병풍을 보고 놀라기는 해도 웃을 사람은 없다. 골계미는 가장 고차원의 예술세계이다. 제이의 추사 선생이 나타나서 골계서예 작품을 창출한다면 한국 서단에 혁명이 일어날 것이다.

• 1999

4

골계열전

"제왕이 되려면, 자신을 숨기고 바보짓을 하면서 때를 기다려야 하는 법이다. 이주일은 '못나서 죄송합니다'라는 노래를 부르고, 저 일세를 풍미한 '수지 큐' 춤을 추고 오리걸음을 걸었다. 못난 사람이 못났다고 하면 겸손이 아니라 참말이다. 이주일이 잘났다고 하는 사람이 없는데, 자세히 뜯어보면 더 못났다. 참말이든 거짓이든, 신소리든 흰소리든, 우스개든 익살이든, 이주일의 얼굴만 보아도 오천만 국민의 입이 귀밑까지 찢어졌다." • 「코미디 황제유사皇帝遺事」에서

죽장 짚고 유람할 제
김삿갓의 기행

백일장에서 장원을 차였으나, 여적의 후손인 김병연金炳淵, 1807~63은 벼슬길이 막힌다. 젊은 선비는 여러 날 고주망태가 되어 대성통곡하다가 집을 버린다. 스물이 넘은 가장이 처자를 놓아두고 만고강산 유람할 제가 시작된다.

먼저, 양반의 소중한 갓을 내동댕이치고 우스꽝스러운 삿갓을 눌러쓴다. 세상만사 꼴도 보기 싫다. 죽장竹杖에 삿갓 쓰고 팔도강산 방랑하면서, 술 한 잔에 시 한 수로 사람을 비꼬고 세상을 탄식한다. 바야흐로 김삿갓의 신화가 창조되던 것이다. 인생길이 애초에 토라졌으니 유랑시인의 노래가 곱상할 리가 없다. 그의 「허언시」虛言詩에 세상을 바라보는 심상이 적나라하게 나타나 있다. 한맹시대漢盲時代이니 번역시만 보인다.

청산 그림자 안에는 사슴이 알을 품고,

물 흘러가는 소리 가운데 게가 꼬리를 치고,

석양에 돌아가는 스님 상투가 석 자나 되고,

　　베틀에서 베 짜는 처녀 불알이 한 말이라.

　새가 아닌 사슴이 알을 까고, 다리밖에 없는 게가 꼬리를 친다. 상투를 튼 중이 있고, 한 말이나 되는 불알을 덜렁거리는 처녀가 있다. 말이 안 되는 소리로 익살을 부린다. 세상의 천하만물이 엉망진창이다. 이 시는 역설적 표현을 구사하여 당대 사회의 모순과 부조리를 야유하고 고발하고 있다. 허언虛言이 아니라 진언眞言이다. 사나운 풍자시라 하겠다.

　김삿갓은 양반과 스님을 짓궂게 조롱하는데, 만일 그네들이 문전 박대하면 사정없이 오기를 부린다. 처음에는 밥이나 빌어먹는 나그네로 능청을 부리다가, 무슨 꼬투리를 만들어 시 짓기 시합을 벌이고, 마침내 양반에게 창피를 주고 또 그것으로 더 융숭한 술대접을 받기도 한다.

　삿갓이 강원도 철원 땅을 지나다가 고기 굽는 냄새를 맡고 큰 집 사랑에 찾아든다. 가던 날이 장날이라고, 주인어른 환갑잔치로 벅적거린다. 재수 장히 좋다 하고 삿갓은 침이 넘어가는데, 하인들이 우악스럽게 등을 밀쳐대는지라, 글을 지어 어떤 암행어사처럼 손님들 머리 위에 던졌것다.

　사람이 사람 집에 왔는데 사람대접을 않는구나.

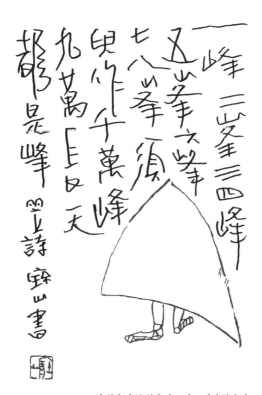

一峰二峰三四峰
五峯六峯
七八峯須臾
忽作千萬峰
九萬長天
都是峰

栗谷詩 賓山書

한 봉우리 두 봉우리 그리고 서너 봉우리
다섯 봉우리 여섯 봉우리 일곱여덟 봉우리
어허 잠깐 사이에 천만 봉우리
구만 리 장천이 모두 구름 봉우리로다

주인이 사람 대하는 꼴이 사람이라 하기는 틀렸도다.

人到人家不待人 主人人事難爲人

주인을 비인非人이라 꾸짖는다. 사람인人자 여섯 번을 되풀이한 인본정신人本精神을 효성스런 자식들이 알아차렸는지, 걸객乞客 앉기를 청하고 술을 권한다. 그리고 수연시壽宴詩 한 수를 청하는데, 때 만난 삿갓은 잔칫상에 재를 뿌리기도 하고, 주인 영감을 구름 위에 올려놓기도 한다. 붓을 들어 시 짓기를 시작한다.

저기 앉은 노인은 사람 같지 않고,

彼坐老人不似人

사람이 아니라니, 놀란 자식들과 손님들한테 뺨 맞기 십상이라, 삿갓은 얼른 말머리를 돌린다.

하늘에서 내려온 신선인가 하노라.

凝是天上降神仙

사람이 아니라 신선이라 치켜올려 놓으니, 잔치마당 여기저기서 탄성이 울려 퍼진다. 삿갓의 심술보가 다시 발동한다. 이

제 아무리 무례한 글을 지어도 노발대발을 삼가게 된다. 다시
붓을 들어,

이 가운데 일곱 아들은 모두 도적놈들.
眼中七子皆爲盜

이라 꾸짖는다. 좌중이 다시 술렁이기 시작한다. 귀한 아들을
도적떼라 해놓았으니, 봉변을 맞기 전에 수습을 해야 한다. 삿
갓이 얼른 붓을 들더니 마지막 시구를 채운다.

천도복숭아를 훔쳐다가 수연에 바쳤구나.
偸得天桃獻壽宴

아들놈들이 도둑은 도둑인데 불로장생 천도복숭아를 훔쳐다
가 부친에게 바쳤다는 것이다. 순간적 재치로 판단에 혼란을
일으키고, 전혀 예상 못 할 클라이맥스를 이끌어내서 폭소와
감탄을 자아낸다. 시답지 않은 시 한 수 짓고 삿갓은 이 집에서
여러 날 후히 대접을 받고, 새 옷도 얻어 입고 다시 길을 떠난
다. 무일푼의 방랑 신세이지만 이게 범상한 걸인이다 보니, 대
지팡이는 평양·송도·한양·전주에 자국을 남기고 구월산·묘
향산·태백산·금강산을 오르내린다. 하룻밤 지새는 곳마다 옷

음판이 벌어지고 시 몇 수를 읊으면, 듣는 이마다 탄성이 절로 나고 웃다가 허리가 거덜난다.

방랑 삼천리 길에 시인이 가장 천대받은 땅이 경기도, 저 유명한 쉰 밥 사건이 벌어진 송도다.

> 스무나무 밑에 서러운 나그네.
> 망할 집에서 쉰밥을 먹는구나.
> 인간 세상에 어찌 이런 일이 있는가.
> 집에 돌아가 설은 밥을 먹으리.
> 二十樹下三十客
> 四十家中伍十食
> 人間豈有七十事
> 不如歸家三十食

인구에 회자膾炙하는 김삿갓의 시 「이십 수하」二十樹下다. 시인의 기지가 넘치고 천재성이 번득이는 명시다. 다양한 숫자를 넣어서 자기 신세를 한탄하고 있다. 이 시는 정상적인 방법으로는 감상이 불가능하다. 삼십객三十客은 서러운 객, 오십식伍十食은 쉰밥, 칠십사七十事는 이런 일로 읽어야 한다. 이십·삼십·사십·오십 숫자를 차례로 넣은 시작법이 놀랍고, 굶기를 밥 먹듯 했을 텐데 밥식 자는 두 번밖에 쓰지 않는다. 슬픈 사연이 있는 시이지만 기발하고 파격적인 시흥에 취하여 코웃음이 쳐진다. 김삿갓 시의 특징은 파격성이다. 틀에 매인 한시의 격을 부숴버리고 민중의 심성에 호소하는 노래를 부른다. 풍자시가 있는가 하면 해학적인 시도 있다. 그의 「시시비비가」是是非非歌는 어떤 시인도 흉내낼 수 없는 시다.

是是非非非是是 是非非是非非是

是非非是是非非 是是非非是是非

이 시는 28자로 되어 있으나, 是와 非 두 자뿐이다. 두 자를 안다 해도 얼른 이해할 수가 없다. 마애석불 배꼽에서 나온 부적 같기도 하다. 하룻밤을 낑낑대도 별수 없으니, 이응수李應洙, 1909~64의 번역시를 봐야겠다. 이분은 감삿갓의 시를 모으고, 시인을 연구하는 일로 일평생을 보냈다. 이분이 아니었으면 김삿갓은 한국시문학사에서 잊힌 시인이 되었을 것이다.

옳은 것은 옳다 하고 그른 것을 그르다 함도 이 옳지 않으며,

그른 것을 옳다 하고 옳은 것을 그르다고 함이 옳지 않음이 아니다(옳다는 뜻).

(도리어) 그른 것을 옳다 하고 옳은 것을 옳다 하고 그른

것을 그르다고 함이 도리어 이 그른 것을 옳다 함이다.

번역시를 보니, 한글이라 읽을 수는 있으나 무언가 잡힐 듯 말 듯 아리송하기는 마찬가지다. 시是 자와 비非 자는 각각 네 가지 뜻으로 사용되고 있다. 이응수는 사회주의 학자이기 때문에 이런 희작시戱作時도 색안경을 쓰고 본다. 붕괴해가는 조선조 봉건시대 말기에 이르러, 낡은 사회의 진리는 벌써 진리가 아니고 옳다고 하는 것이 도리어 그른 것이며, 그르다고 하는 것이 옳다는 사상을 나타낸 작품이라 한다.

이렇다니 그럴싸하다. 그러나 삿갓이 한자 둘을 가지고 요술을 부려서, 자나깨나 시비를 부리는 사람을 향하여 한번 골탕을 먹인 시가 아닐까.

조선시대 선비는 다 시인이다. 시를 잘 지어야 과거를 보고 장원을 하여 출세한다. 150여 년 전 김삿갓의 시대에 이르러 나라의 기틀이 흔들린다. 조선왕조가 망조가 든다. 집권층 자제나 재물을 가진 자가 장원급제한다. 떨어진 시인 묵객들은 어떻게 살았는가. 삿갓처럼 시를 지어서 이웃 사람을 웃기고 세상을 야유하고 울분을 발산하면서 산다. 지금도 김삿갓을 모르는 한국인은 없다. 고금에 익살꾼이 하나 둘이 아니지만, 조선팔도 한 군데도 빼먹지 않고 웃음보를 터뜨리고 다닌 유랑시인은 김삿갓뿐이다. 당대에도 김삿갓은 조선팔도 백성의 인기 시인이다. 오죽하면 함경도 사는 한삼택이는 가짜 김삿갓 행세를 하다 들통이 난다. 남아 있는 김삿갓의 시도 어쩌면 이삿갓·장삿갓·최삿갓의 작품이 섞여 있는지도 모를 일이다.

　그러나저러나 삿갓이 과거 급제하여 감투를 쓰지 않은 처신이 천만다행이다. 어디 현감이라도 맡아 선정을 베풀었대서 송덕비라도 서 있기보다, 삿갓이 한국의 별난 익살을 풍부하게 남겨놓은 일이 더욱 값지고 더욱 뜻갚다. 김삿갓은 누구와도 견줄 수 없는 위대한 풍자시인이다.

　• 2007

여편네 팔아먹는 계약서

김유정의 해학

사람으로 말할 것 같으면 슬픈 일이 있으면 울고, 즐거운 일이 있으면 웃게 마련이다. 이게 인지상정人之常情이다. 그런데 말씀이야, 너무 슬퍼서 되레 웃음을 짓고 웃어야 할 자리에서 울부짖는 사람이 있다. 바로 우리네 한국인이다. 이 한국인의 웃음의 성정을 이야기한 대표적인 작가가 강원도 감자바위 출신 김유정金裕貞, 1908~37이다.

김유정이 한창 소설을 쓰던 1930년대의 조선은 울음의 시대였다. 예나 이제나 고통과 희생은 밑바닥 민초의 몫이었다. 허울 좋은 농자천하지대본農者天下之大本이었다. 유정은 나라 없는 고통의 세월에, 두더지처럼 살던 농민의 눈물을 웃음으로 바꿔놓았다. 스물아홉 나이에 요절한 작가의 비운, 민족의 수난, 조국의 상실이라는 삼중고三重苦에 시달리면서도 지겨운 세상을 해학의 눈길로 바라보는 일은 쉽지 않다.

유정이 그린 농민의 삶은 생활이 아니고 그저 목숨이 붙어 있는 생존이다. 그들의 가정은 가정이 아니고, 안해는 안해가 아니며 자식은 자식이 아니다. 남정네의 도박 자금을 벌려고 얼굴 뺀뺀한 여편네는 매춘을 강요당한다. 질그릇 깨지는 목청을 가다듬게 하여 처를 주막에 앉히기도 한다. 여편네를 총각에게 위장결혼을 시켜서 첫날밤에 혼수를 들고 도망쳐 나오게하고, 애비는 애들을 열이고 스물이고 낳아서 쌀가마와 바꿀 궁리를 한다. 김유정의 소설에 등장하는 아버지는 가장이 아니고 부친도 아니다. 소설 「안해」에 등장하는 이런 애비가 있다.

주는 밥이나 얻어먹고 몸 성히 있다가 연해 자식이나 쏟아라. 뭐 많이도 말고 굴때 같은 아들로만 한 열다섯이면 족하지. 가만 있자, 한 놈이 일 년에 벼 열 섬씩만 번다면 열다섯 섬이니까, 일백오십 섬, 한 섬에 더도 말고 십 원 한 장씩만 받는다면 죄다 일천오백 원이지.

안해만이 생활의 방편이 아니라 자식들까지도 생존을 위한 수단이 된다. 아들 열다섯을 낳아 일천오백 원을 벌 궁리를 한다. 어이가 없어 웃음도 나오지 않는다. 못난 남편은 안해와 아들이 똑같이 돈덩이로만 보이는 듯, '그런 줄 몰랐더니 이년이 뱃속에 일천오백 원을 지니고 있으니까, 아무렇게 따져도 나보담은 낫지 않은가'하고 스스로 감탄하고 대견스러워 한다. 남편은 헛되이 기대에 부풀어 있으나 구경꾼에게는 조소거리밖에 되지 않는다.

아들을 팔아먹는 부모는 부모가 아니고 그 가장도 아니다. 아들을 팔아먹는 판에 안해를 못 팔 리가 없다. 팔아먹기 이골이 나고 보니 눈에 뵈는 게 없다. 일제 식민지시대의 농촌의 참상은 극에 달한다.

단편 「가을」에 등장하는 남편 만복이는 이름과는 달리 박복하다. 오곡백과가 풍성한 가을에 살 길이 아득하여 처를 소장수한테 팔아넘긴다. 천하에 죽일 놈은 제 여편네 팔아먹는 놈이다. 굶어 죽기보다 살고 보아야 하겠기에, 이름처럼 잘사는 소장수 황거풍에게 처를 넘긴다. 온 마을에 수소문하여 지필묵을 빌려 오고, 파는 놈이나 사는 놈이나 까막눈이라, 친구 도움을 받아 거창한 계약서를 쓴다.

매매 계약서

일금 오십 원이라
우금은 내 안해의 대금으로 정히 영수합니다

갑술년 시월 이십일 조만복
황거풍 전

부부 생이별의 애달픈 정황에서, 남편은 희한한 문서를 펼쳐

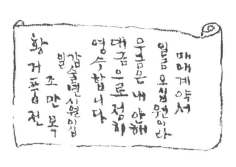

매매계약서

일금 오십원이라

우금은 내 안해

대금으로 정히

영수합니다

단 술먹은 후입

본 조만복

황거풍 전

김유정 캐리커처

놓고 기막힌 촌극을 연출하고 있다. 짐승이나 할 짓을 저질러 놓고 남정네는 만사태평하고 여편네 역시 부창부수다. 처를 팔고도 일말의 죄책감이 없다. 우리는 조만복의 얼굴에 침을 뱉으려다가 배꼽을 잡는다. 제 처의 몸값도 정히 영수하고, 갑술년은 무슨 얼어 죽을 갑술년이며, 시월에 처를 팔고 보릿고개에는 자식을 팔 작정이다. 작가는 울음의 현실을 웃음으로 무화시키고 정화하였다.

한국인의 웃음을 들치면 울음이 숨어 있다. 희비의 감정을 나타내는 '웃다'와 '울다'라는 말의 어원이 같은 뿌리임은 우연한 소산이 아니다. 기가 막혀도 웃고, 너무 기뻐서 울고, 슬퍼도 웃는다. 울음과 웃음을 같이하는 감정은 온갖 고난을 이겨낸 한국인의 생활철학이며 한국 해학의 중요한 특질이기도 하다.

아무렇게나 생겨먹은 녀석이라는 제목을 붙인 소설 「만무방」의 농민 응칠이는 고슴도치처럼 진 빚을 갚을 길이 없어, 달밤에 식구를 거느리고 줄행랑을 친다. 돈 떼먹는 일은 몹쓸 짓이며, 도망치는 일은 인간관계의 포기를 의미한다. 우리는 여기서 비극적 상황을 예상한다. 그런데 도주 전야에 응칠 일가의 방구석에서는 희극의 한마당이 펼쳐진다.

하루는 밤이 깊어서 코를 골며 자는 아내를 깨웠다. 밖에 나가 우리의 세간이 몇 개나 되는지 세어보라 하였다. 벽을 바른 신문지는 누렇게 그을렸다. 그 위에다 아내가 불러주는 물목物目대로 일일이 내려 적었다.

독이 세 개, 호미가 둘, 낫이 하나로부터 밥사발, 젓가락집이 석 단까지, 그 담에는 제가 빚을 얻어온 데에 그 사람들의 이름을 쭉 적어놓았다. 금액은 제각기 아래다 달아놓고, 그 옆으로는 조금 사이를 떼어 역시 조선문으로 '나의 소유는 이깃밖에 없노라. 나는 오십시 원을 갚을 길이 없오매 저진 몸이라 도망하니, 그대들은 아예 싸울 게 아니고 서로 의논하야 억울치 않도록 분배하야 가기 바라노라.'

유랑 농민의 주제에 '없노라' '바라노라' 투의 성명서를 발표하고 있다. 빛 바랜 신문지 벽에 재산 목록을 적는 남편, 아랫것들에게 타이르듯이 채권자더러 아예 싸우지 말고 의논하여 억울치 않게 분배하라는 낙서를 보고, 우리는 연민의 정을 느끼기보다 폭소가 터져 나온다. 그리고 세 식구가 울타리 밑 구멍을 유유히 빠져나가는 슬픈 장면도 오히려 미소를 자아낸다.

김유정은 짧은 생애 동안 병마와 싸웠다. 병든 육체의 작가가 독자를 웃기는 글을 썼다. 그가 그린 농촌의 현실은 참담한데, 그것을 묘사하는 작가의 진술은 해학적이었다. 작가 자신에게나 농민에게나 웃음은 울음을 극복하는 삶의 한 방식이었다.

기가 막혀 웃음밖에 나오지 않는 세상이었다. 민초들의 웃음으로 한풀이 속풀이 화풀이를 하였다. 그 웃음이 한국인을 구원한 생활철학이었다.

• 2007

말을 빼앗긴 만담꾼
신불출의 만담

 말을 못 하는 사람은 거의 없다. 그러나 말을 잘 하는 사람은 매우 드물다. 말솜씨가 청산유수라 지만, 물 흐르듯 말하기란 쉬운 일이 아니다. 하 물며 세 치 혀 하나로 많은 사람을 웃기고 울리는 일은 더욱 어렵다.

재미있고 익살맞은 말주변으로 뭇 사람의 웃음보를 터뜨리고, 인정 세태를 비꼬는 말광대가 있었다. 이 광대를 요새는 양풍이 불어서 개그맨, 코미디언이라고 하는데, 80여 년 전에는 만담가漫談家라 하였다. 그때 만담가의 인기는 대단하였다. 장안의 극장마다 만담꾼이 판을 쳤다. 유명한 가수·배우 할 것 없이 말깨나 한다는 만담꾼이 나타나서 저마다 재치를 부렸다. 만담 레코드판은 불티나게 팔려나갔다. 그 만담 전성시대의 꼭대기에, 천상천하 유아독존 신불출申不出, 1905~?이 있었다.

조선팔도 제일의 만담가 신불출! 이 익살꾼은 혀 하나 달고 나와서 온 세상 사람을 멋대로 웃기고 비꼬았다. 감칠맛 나는 말투, 구성진 입담, 능청스러운 넉살이 가히 말의 천재였다. 키는 작았으나 얼굴이 곱상하고 입속에 천하를 머금고 있었다. 신불출은 어리석고 못난 불출이 아니라 신특출이었다. 서울 사람들은 이 만담가 때문에 죽고 못 살았다. 제 아버지 이름은 몰라도 신불출을 모르는 사람은 없었다. 1905년, 개성 서민 출신 불출이 신이 안 날 수 없었다. 그의 내력을 더듬어 보면, 그는 만담가일 뿐 아니라, 시를 읊고 희곡을 짓고 논설을 쓰기도 하였다. 당시의 신문·잡지에 그의 글이 많이 띄는데, 말재간이 번득이는 이런 만문漫文이 있다.

  남편과 아내의 품위를 다투는 명사로서는 '남녀'라는 말이 있어, 남자가 먼저 들어가니 남자가 으뜸이라는 둥, '연놈'이란 말이 있어 여자가 먼저 들어가니, 여자가 으뜸이라는 둥, 또 '부부'라고 하는 말이 있어 부夫 자가 먼저 들어가니까, 남편이 제일이라는 둥, '내외'라는 말이 있어 내內 자가 먼저 들어가니까 아내가 제일이라는 둥 하죠만, 그런 말은 그게 다 당초에 그 말이 마련된 연유가 있는 것이요, 남녀나 부부라고 하는 말 같은 것은 남존여비 시대에 생겨진 말일 것이요, 연놈이나 내외란 말은 그게 여존남비에서 생겨진 말일 것이라고 짐작되오.

남녀에 대한 호칭을 가지고 말재주를 부렸다. 남성을 치켜세우다가 어느덧 여성을 끌어올렸다. 남녀 어느 쪽도 편들지 않았다. 말이 안 되는 말로 남녀를 공평히 웃겼다. 이 만문은 세 사람이 익살을 부리는 대화 만담을 담은 레코드 「엉터리」에도 들어 있다.

　만담은 세상만사 만인의 것이었다. 입이 성하고 말재주가 있고 끼가 있으면, 남녀노소 너도나도 만담을 한다고 나섰다. 신불출 만담 레퍼토리는 매우 다양하였다. 「엉터리 연설」「개똥 할머니」「헛물이다」「대머리」「영감님 대가리」「백만풍」「선술집과 인생」「엿줘라 타령」「왕서방 연서」 등이 있는데, 제명만 보아도 웃음이 절로 난다.

　웃기지 않으면 만담이 아니다. 불출이 일세를 풍미한 만담 가운데 '곁말' 만담이 있었다. 바로 말하지 않고 다른 말로 빗대어 하는 말을 곁말이라 하는데, 곁말을 섞어 말재간을 부리면 폭소탄이 터졌다. 유명한 「개똥 할머니」의 한 대목은 이러하였다.

청년　네, 저 다른 게 아니라요, 사윗감이 되려고 왔어요.

노파　그럼 사위는 안 되고, 사윗감만 되려고 왔단 말인가?
　　　내 사위 될 사람은 몸이 튼튼해야 하는데, 에그, 저 몸이 약해서 어데 쓰겠나, 원.

청년 천만의 말씀을 하십니다. 이래 봬도 유도가 3단이올시다.

노파 유도라니? 기름 묻은 칼이 유도油刀요. 내 사위가 되려면 익살맞은 곁말을 잘 쓰면 그만이야.

청년 자, 그럼 내 곁말을 한 마디 쓰겠습니다. 제가 신은 이 서양 당나귀가 비록 뚫어졌을망정.

노파 서양 당나귀라니?

청년 양말이란 말씀이야요. 양말은 뚫어졌을망정 백반가루 섞인 분이어요.

노파 아니 백반가루 섞인 분은 또 무엇인가?

청년 신분이란 말씀이올시다. 모든 것을 다 너그럽게 서양 바다하시기에 달렸지요.

노파 서양 바다라니?

청년 양해란 말씀이올시다. 그런데 저 손주 따님은 아직 무연탄 처녀입니까?

노파 무연탄 처녀라니?

청년 숯처녀냐, 그런 말씀이야요.

노파 그야 물론이지, 원. 내 손주 딸년 이름이 개똥이거든.

청년 개똥인데 왜 틀려요?

노파 속담에 개똥도 약에 쓴다고, 자네 궁하면 내 손주 딸년 팔아먹지 않겠나?

신불출과 태극기

청년   원 별말씀을 다하십니다그려.

노파   그렇지만 않으면 안심했네.

「개똥 할머니」의 노파역을 신불출이 맡고 청년역은 연극배우 김진문金振門이 해냈다. 주로 한자음을 꼬고 비틀어서 동문서답을 하거나 우문현답식으로 우스갯소리를 엮어나갔다. 청년은 동문東問이고 노파는 서답西答이다. 개똥 할머니는 유도柔道를 유도油刀로 안다. 청년은 양말을 서양 당나귀라고, 양해를 서양 바다라고, 숯처녀를 무연탄 처녀라고, 곁말 솜씨를 발휘하였다. 이런 곁말 우스개는 신불출의 후예인 장소팔張笑八, 고춘자高春子의 만담에 지금껏 남아 있다. 곁말 만담은 「요절 춘향전」에도 보인다. 이도령과 방자의 대화가 익살스럽다.

이도령(이하 '이')   저 건너 오락가락 언뜻번뜻하는 저게 무
         어냐?

방자(이하 '방')   소인 눈에는 아무것도 안 보입니다.

이   그 이놈아, 눈도 소인 눈과 대인 눈이 다르단 말이냐?
    아마 네 눈깔이 얼어붙은 모양인가 보다. 눈을 씻구
    봐라.

방   눈을 씻지 않고 세탁을 하고 봐도 안 보입니다.

이   그럼 요쪽으로 봐라.

방 요쪽이 아니라 방석 쪽으로 봐도 안 보입니다.

이 그럼 저쪽으로 봐라.

방 저쪽 아니라 숟가락 쪽으로 봐도 안 보입니다.

이 그 이놈아, 보지도 않고 곁말부터 쓰느냐?

방 곁말만 잘 쓰는 줄 아십니까? 농포질도 잘합니다.

이 글쎄, 이놈아, 저 나무 그늘에 솔개같이 뜬 게 그게 안 보인단 말이냐? 원!

방 솔개같이 떴으면 그게 아마 비행긴가 봅니다.

이 그 무슨 놈의 비행기가 소리가 없단 말이냐?

방 소리가 없으면 아마 벙어리 비행긴가 봅니다.

이 그 이놈아, 그럼 그게 귀신인가 보다.

방 귀신은커녕 요새 흔한 고무신도 아닙니다.

신불출이 이도령이고 연극배우 성광현成光顯이 방자다. 초라니 방정을 떠는 방자한테 이도령은 번번히 바보가 된다. 아랫것이 윗것을 골탕먹여야 우스운 법이다.

달이 가고 해가 가도 신불출의 인기는 식을 줄 몰랐다. 신불출과 짝을 지어 만담을 한 광대의 인기도 덩달아 올랐다. 그 만담을 찍은 레코드회사는 떼돈을 벌었다. 그는 흥에 겨워서 이름을 신난다申難多로 고쳤다. 이름 풀이를 해보건대, 들어보면 하는 일마다 신이 나야 하겠지만, 따져보면 앞길이 다사다난한 팔자가 아닌가. 백 년에 하나가 어려운 재담의 천재도 불길한 예감을 느낀 듯하였다.

신난다가 극장에 나타날 때마다 인산인해, 입장행렬이 광화문에서 종로 3가까지 늘어섰다. 행복의 그늘에 불행이 도사리고 있는 법이다. 신난다는 무대 위에서 신바람이 나면, 못 할 말이 없었다. 한번은 연극무대에서 "동방이 밝아오니 잠을 깨고 일터로 나가자"는 대사를 자기 멋대로 바꿔서, "여러분, 동방이 밝아 오니 두 주먹을 불끈 쥐고 대한독립을 위하여 모두 떨쳐 일어나자"고 외쳤다. 객석에서는 박수가 터졌으나, 신난다는 종로경찰서에 끌려가 치도곤을 당하고, 다시는 무대에 서지 않겠다는 각서를 쓰고 풀려났다. 바야흐로, 예감하던 난다難多의 서곡이었다.

조국 광복의 날이 왔다. 불출의 막혔던 말문이 열렸다. 말의 자유세상을 맞은 불출은 어느새 사회주의자가 되어 있었다. 정치만담꾼이 되었다. 다시 신바람이 불었다. 이승만 박사가 어디서 연설을 하면, 때를 맞춰 좌파에서는 신불출 만담판을 벌여 훼방을 놓았다. 그 북새통에서 세상을 뒤집어놓은 '태극기 모독 사건'이 벌어졌다. 해방 다음해 6월 11일 불출이 명동에 있는 극장에서 큰 만담판을 열었다. 감칠맛나는 목소리는 녹슬지 않았다.

자, 오늘은 태극기 이야기로 한바탕 웃어볼까요. 태극기 중앙의 붉은 빛은 공산주의이고 파란 빛은 파쇼이며, 그 주변의 팔괘는 소련미국·중국·영국의 네 나라입니다. 이 국기가 만들어진 때부터 우리 민족은 남북이 갈려서 숙명적으로 네 나라의 신탁통치를 받게 되었습니다.

청중은 어리둥질하고 있는데, 무대에서는 난투극이 벌어졌다. 웃음판이 난장판이 되었다. 관객 속에 끼어 있던 100여 명의 우익 청년들이 "태극기를 모독하는 놈이다"라면서 단상에 뛰어들었다. 미처 피할 사이도 없이, 불출은 만신창이가 되었다. 경찰과 미국 헌병이 출동하여, 연사를 잡아다가 '태평양 미국 육군총사령부 포고령 2호' 위반죄로 '체형 1년 혹은 벌금 2만 원형'을 받았다.

친구 도움으로 풀려난 불출은 홍길동처럼 축지법을 썼는지 어느새 평양에서 입을 놀리고 있었다. 거기서 큰 감투도 많이 쓰고, 6·25전쟁이 나자 서울까지 와서 정치선전 만담을 펼쳤다. 불출의 혀끝에 군은살이 박힐 연세에 이르렀다. 설저유부舌底有斧, 그는 혀 밑에 도끼가 있다는 가르침을 잊은 듯하였다. 그 세상에서도 말을 삼가지 않았다. 팔자 기구한 만담가는 1960년 전후에, 이름 그대로 불출不出의 운명에 묻히고 말았다.

천하명인 만담광대는 여기서도 저기서도 신나게 혀를 놀릴 수가 없었다. 신불출의 인생은 바로 이 나라의 슬픈 코미디라 하겠다.

• 2007

* 『만담백년사』를 지은 반재식 선생이 신불출 만담 대본을 어렵게 복원하셨다. 깊은 감사를 드린다.

쇠오줌 말똥도 삼인칭이니라
양주동의 골계

 나라의 보배를 국보라 한다 우리나라의 보물급 유형문화재인 국보는 목조건물·석조물·서적· 회화·조각·공예품 등 300점에 이른다. 이들은 역사적·학술적·예술적 가치가 커서 보물이라 하는데, 사람은 아무리 잘나도 보물이라 하지 않는다. 그런데 사람 보물, 인간 국보가 있었다.

살아 있던 무애無涯 양주동梁柱東, 1903~77 선생을 대한민국의 국보라 일컬었다. 경주 남산 석가불이 아니고, 서울 장안 남대문도 아니고, 『훈민정음』 원본도 아닌데 말이다. 하나도 이상할 게 없다. 온 국민이 선생을 국보라고 부르고 선생 스스로 국보라고 하는데 누구도 이의를 제기하는 사람이 없었다. 선생은 『국보의 변』이란 자서전을 쓰기도 하였다. 이 글을 보면, 하루아침에 국보가 된 게 아니라 여러 과정을 거쳤다.

신동神童으로 태어나 먼저 가보家寶가 되었다. 나이 다섯에 『유합』類合을 떼었다. 조선의 대학자 서거정徐居正이 지은 이 한

303

자교과서를 가르치던 부친은 일본놈과 다투다가 병을 얻어 세상을 떠났다. 편모 슬하에서 『대학』大學을 배웠다. 양친이 사서四書는 익힌 듯하다. 신동은 공부뿐 아니라 무엇에나 탁월해서, 나이 일곱에 애기씨를 사귀었다. 그의 수필 「유년기」幼年期를 보면 별꼴이 벌어진다.

　내가 이웃집 김 집강執綱: 면장의 딸, 간난이와 어울려서 늘 마당가에서 소꿉질을 하였다. 간난이가 오줌을 누어 흙을 개 놓으면, 그것을 빚어서 솥·냄비·사발·접시 등을 만들어 서 진열해놓고, 간난이가 모래나 풀잎 따위로 밥을 짓고, 국 을 끓이고 반찬을 만드는 시늉을 하였다. 그래 한참 재미나게 살림을 차려놓고 즐기는 판인데, 큰놈이(친구)가 홀연히 어 디서 나타나서 대번에 달려들어,
　"이거 다 무에냐?"
하면서 우리들의 솥·냄비 등속을 발길로 차고 문질러서 우 리들의 재미나는 '살림'을 모두 망쳐버리곤 하였다.

사서삼경을 읽은 가보 신동이 꼬마아가씨의 오줌으로 흙을 비벼서 살림살이를 장만하였다. 세상을 뒤집어놓은 익살꾼도 천재라고 하는가. 간난이의 애인은 평생 웃기를 좋아하고, 웃 기는 글도 많이 썼는데, 그 익살은 이미 어렸을 적에 만들어진

듯하다.

가보는 자라서 마을의 보배, 촌보村寶가 되었고, 넓은 고을에 이름을 떨친 군보郡寶가 되었다. 신동 촌보의 나의 열 살은 그저 그런 사람의 환갑 나이와 맞먹는 춘추였다. 학력이라고 해봤자 보통(초등)학교 중퇴가 전부이고, 부모님한테서 한문을 배웠을 뿐이었다. 오직 혼자서 닥치는 대로 책을 읽어서 동서고금의 학문을 깨쳤다. 동양의 사서삼경, 제자백가諸子百家를 독파하고『삼국지연의』三國志演義,『문선』文選,『두시』杜詩를 읽고 외웠다.

그 뿐이랴, 동방의 천재는 서양학문을 섭렵하기 비롯하였는데, 그의 손에 먼저 잡힌 책은, 선생 없이 혼자서 영어를 통달한다는『무선생 영어자통』無先生英語自通이었다. 아무리 천재신동이라 하더라도 무불통지 다 알 수는 없는 법이다. 그 책에 있는 '삼인칭'이라는 말은『논어』『맹자』에도 없는 단어였다. 생전 처음 보는 낱말, '삼인칭'의 뜻을 알려고 불원천리 눈길을 걸어 선생을 찾아나선 애기가 그의 수필「교단기」校壇記에 보인다.

혹시나 하고 젊은 신임 일인日人 교원에게 시험 삼아 물어보았더니, 그가 아주 싱글벙글하면서 순순히 말뜻을 가르쳐주지 않는가! 가로되,

"내가 아닌, 네가 아닌 그를 삼인칭이라 하느니라."

아아, 이렇게도 쉬운 말일 줄은! 그때의 나의 미칠 듯한 기

뽐이란! 나는 글자대로 그 젊은 선생에게 고두叩頭 사례를 하고 물러 나왔다. 그러나 나오면서 생각하니, 거진 나의 연배인, 항차 일인인 그에게 일대의 한인韓人 귀재鬼才가 이렇게 무식을 드러낸 것이 한편 부끄럽기도 하고 한편 분하기도 하여, 섬돌을 내려오다가 문득 되 들어가 선생에게 짐짓 물었다.

"선생이여, 그러면 말똥은 무슨 칭이니까?"

선생이 머리를 긁으며 고개를 오랫동안 갸웃거렸다.

"글쎄, 말똥도 인칭일까?"

나는 그날 왕복 40리의 피곤한 몸으로 집에 돌아와, 하도 기뻐서 저녁도 안 먹은 채 밤이 깊도록 책상을 마주앉아 메모로 적어놓은 삼인칭의 뜻을 독서하였다.

"내가 일인칭, 네가 이인칭, 나와 너밖엔 우수牛溲: 쇠오줌 · 마발馬勃: 말똥이 다 삼인칭이니라."

『무선생 영어자통』이라는 책제목이 허풍이었다. 널리 학문을 익힌 천재가 선생을 찾아가서야 어려운 문제를 풀었으니 말이다. 타고난 재주가 하나라면 노력이 아홉이라는 실증을 보여주었다. 보나마나 작은 키에 얼굴이 검은 소년 양주동이 여덟팔자걸음으로 천 리를 멀다 여기지 아니하고 선생을 찾아가는 몰골은 가소가관可笑可觀이었을 것이다. 고마워서 코가 땅에 닿게 예를 갖췄으면 됐지, 저 유명한 쇠오줌 · 말똥 사건을 일으켜서

은사에게 앙갚음을 하다니, 실로 아기똥한 늙은 아이였다.

천재가 몰랐던 삼인칭마저 알았으니, 소년 신동은 성균관 대제학이 되어도 모자람이 없었다. 상감의 부름을 받기 앞서, 촌보는 자기 집 사랑방에 사숙私塾: 글방을 차리고 숙장塾長이 되었다. 딴 선생이 있을 리 없고, 숙장 혼자서 국어·영문·산수·지리·역사를 두루 가르치는 무불통지 박물선생 노릇을 하였다.

요새 같으면 사설학원 단속법에 걸렸을 것이다. 숙생들의 수업료는 거절하였으나, 속수束修: 사례금 대신 술 한 병씩을 대령하라 하였다. 떡잎부터 아는 법이다. 서당 훈장은 장차 주태백酒太白이 되었다. 같은 또래 친구들한테 어설픈 글을 가르쳐주고, 술을 빼앗아 먹고 얼굴이 벌건 훈장을 상상해보면 실로 점입가경이다.

천재 소년의 아잇적 이름은 복룡伏龍이라 하였다. 승천하는 용이 아니라 웅크리고 앉아서 꿈을 꾸는 용이었다. 『삼국지』를 탐독한 복룡은 이보다 두 나라를 늘려서 『오국지』伍國志를 지을 꿈을 꾸었다. 그러나 이 꿈은 이내 버린다. 쩨쩨하게 소설小說을 쓸 게 아니라 대설大說을 쓰기로 작정하였다. 팔만대장경·사서오경이 대설 아닌가. 이런 대설이 조선 나라에도 있어야 하였다. 대설을 이름하여, 제 성을 따서 책표지에 『양자 제일권』梁子第一卷이라고 내려쓰고 서두에 양자왈 하고서 수백 줄을 썼다. 이 거룩한 경서 『양자』는 6·25의 전화를 못 넘기고 없어졌다.

10대 소년이 공맹孔孟의 『논어』『맹자』와 견줄만한 『양자』를 완성했더라면, 성균관의 대성전大成殿에 공맹과 나란히 양자도 모셨을 것이다.

가보·춘보·군보 복룡이 열두 살에 산 너머 마을로 장가를 가게 되었다. 모래밭에서 소꿉장난을 치던 처자가 아니었다. 천재는 잊어먹기도 천재였다. 철없는 꼬마신랑이 아니라, 신랑 양지기 색시를 데리러 가니, 무슨 일이 안 벌어지면 오히려 요상하였다. 헌헌장부軒軒丈夫가 아니라 잔망한 코흘리개 꼬마신랑한테 고운 아기씨를 빼앗길 마을 떠꺼머리총각들은 심통이 나서 신랑을 혼내주려고 별렀다. 글깨나 하는 녀석들이 미리 모의하여 신랑과 글짓기 시비를 걸고, 신랑이 응대를 못 하면 초달을 할 판이었다. 신랑이 동네녀석들을 혼쭐낸 얘기를 그의 글 「나의 문학소년시대」에서 자랑하였다.

식이 끝나고 사랑에 자리를 정하자, 그 마을 독서 소년배들이 신랑에게 어서 한턱 내놓기를 재촉하는, 기실 '글 싸움'을 도전하는 '단자'單子란 것을 들였겄다. 그 글을 받는 대로 신랑이 척척 대구를 제겨내야 무식하다는 초달을 면하는 격식이다. 벽두에 그들의 인사에 가로되,

월출고月出高

"달이 높이 떴다"고 착해錯解해서는 안 된다. 향찰식 훈訓·

음독音讀으로 '달 나고'(달라고), 요샛말로 "Give us something to eat and drink"라 함이다. 어린 신랑이 붓을 들어 대구를 제겼으니, 가로되,

일입어日入於

물론 이것도 정직히 '해가 들었다'함이 아니요, 역시 그 마을식 향찰로 '날 들어'(날더러), 곧 내가 주인이 아닌데 하필 날더러 달라느냐, "Why should you ask me"란 소리다.

(…)

마을의 도전자 제군들이 이를 보고 문득 빛을 잃고 혀를 맺아 모두 도망친 것은 물론이다.

이런 귀신 씨나락 까먹는 대화가 몇 차례 왔다갔다하다가 동네 소년학자들은 양자 도령의 깡다구에 놀라서 줄행랑을 치고 말았다. 건넛마을 색시를 데려온 신랑은 그 며칠 후에 어머님을 여의었다. 무애 선생은 자라서 절절하게 어머니를 회상하는 글을 썼다. 선생은 마침내 좁은 황해도 땅의 가보·촌보·군보 시대를 마치고, 청운의 뜻을 품고 서울에 입성하였다. 여기서 신식학문을 배우고, 일본 유학을 마치고 귀국하여 마침내 서울의 보배, 경보京寶시대가 열렸다.

경보시절의 무애 선생은 제자를 가르치고 글을 쓰고 책을 짓는 일에 몰두하였다. 신라 향가 25수를 풀어내서 『조선고가연

구』를 냈다. 이것은 무애 선생이 아니면 할 수 없는 위업이었다. 70평생에 지은 논집·문집·시집·번역서는 산더미를 이뤘다. 학계의 태두泰斗 양주동 박사를 타칭이든 자칭이든 대한민국의 인간국보라 해도 모자람이 없었다. 양주동 선생은 나이 10대에 서당 훈장이 되었고 스스로 양자라 하였다. 성인이 되어서는 대학자·대교육자·대문인이 되어 국보의 왕좌에 앉았다. 양 선생의 인생은 사호白號 무애无涯처럼 끝 간 데가 없었다. 학문이 그러하고 호탕한 웃음이 그러하였다. 선생이 세상을 떠나기 얼마 전에, 차에 부딪혀서 의식을 잃고 병상에 누워 있게 되었다. 이내 정신이 들자, 환자는 어부인에게 호통을 쳤다. "국보가 죽어가는데 중계방송을 안 하느냐? 빨리 방송국에 알려라." 무애 옹은 죽음 앞에서도 익살을 부렸다. 선생은 문단과 학계의 보배일 뿐 아니라, 웃음과 재치의 인간 국보 제1호라 아니할 수 없다.

• 2007

코미디 황제유사皇帝遺事
이주일의 익살

 단기 4273년, 서기 1940년, 북녘 땅 강원도 고성에 한 사내아이가 탄생하였는데, 정鄭씨 집안의 5대 독자였다.

단기 4279년, 서기 1946년, 정 도령의 나이 일곱 살이 되자, 남쪽 나라에 있는 아버지를 찾아 어머니와 이별을 하였다. 도련님은 남북을 몰래 오가는 고깃배의 고등어 상자에 숨어 바다를 타고 동해바다 주문진항에 닿았다. 모름지기, 옛날 나라 세운 제왕은 알을 깨고 나오거나, 거북이 등을 타고 나타나듯이, 어린 도련님은 생선 더미를 헤치고 나와 남녘 땅을 밟는다. 이 꼬마가 그 30년 후, 대한민국 코미디 황제가 되었다.

동서고금 영웅호걸 묻지 마라, 초년고생 온갖 시련 누가 마다 하였는가. 정 도령은 커다란 표지판을 등에 붙이고 시가지를 바장이고 다녔다.

"아버지를 찾습니다. 정주일."

천지신명이 보우하사, 아들은 길가의 찐빵장수 아버지와 만났다. 박복한 팔자에 고등학교를 마쳤으니 대단한 학력이다. 진시황은 초등학교 졸업장도 없는데 말이다. 이제 갯가에 나가 고기상자나 날랐으면, 그럭저럭 양친 부모 공양하고 있지도 않은 형제우애하면서 밥술이나 먹고 살았을 터인데, 정주일은 광대가 되겠다고 이빨을 숫돌에 갈았다.

5대 독자 아드님이 4대 독자 아버님에게, 가문의 허풍선이 성수통成手通, 징만시 힐아비지의 유기遺技를 이어서, 정씨 가문의 삼소사三笑士가 되겠다고 아뢰었다. 부친은 자식더러 장돌뱅이가 되어 집안 망신시키려거든 아예 성을 갈라고 꾸짖었다. 정주일鄭周一이 이주일李朱逸이 되었다. 한자로 볼작시면 성도 이름도 모두 딴 이름이었으나 이름은 한소리였다. 상욕 가운데 하나가 성갈 놈인데 성과 이름을 죄다 갈았으니 무슨 일이 일어날 조짐이 보였다. 이씨 문중은 정씨 문중을 문제 삼아 관가에 송사를 내지 아니하였다.

부처님을 찾아 집을 나서면 출가出家이고, 이주일처럼 오란데도 없는데, 길을 헤매고 다니면 가출家出이다. 이 가출 청년은 저자의 약장수 패거리에 끼거나, 여관비도 못 버는 유랑극단을 따라다니기도 하였다. 청소하기, 빨래하기, 단장각하의 구두닦기가 그의 중요한 일이었다. 이때 겪은 춥고 배고팠던 체험은, 훗날 황제가 되어 고아원을 돌보고 경로당을 찾아가는 선정善政의 바탕이 되었다.

단기 4310년, 서기 1977년, 이주일이 따라다니던 광대패들이 전라도 만경평야 들목에 있는 익산에서 판을 차렸다. 고래로 개세지재蓋世之才, 뇌성벽력 지축을 흔들면서 천하에 나타나는 법이다. 익산 기차 정거장에 머물고 있던 화약 실은 기차의 대폭발은 이주일 황제의 등극을 만방에 알리는 천둥소리였다. 무너진 극장 아수라장 속에서, 황제는 졸도한 하춘화河春花 여단장을 들쳐업고 병원으로 내달았다. 진찰을 해보니, 여단장은 멀쩡하고 업고 온 이주일이 중상이었다. 어쨌거나, 그 얼토당토아니한 용맹이 대황제가 궁궐에 입성하는 큰 걸음이 되었다.

이주일은 차츰 TV유리갑 속에 나타나기 시작하였다. 무엇인가 보여주겠다고 큰소리를 치기에 이르렀다. 운명이 장난을 치지 않는다면, 황제가 되는 일은 다 된 밥이었다. 세상만사 아지못게라, 이때 황제의 수라상에 재를 뿌린 변란이 일어났다.

단기 4313년, 서기 1980년, 황제보다 열 배나 머리가 벗겨진 진짜 황제 폐하가 '본인은 본인'은 하면서 나타났다. 버릇없이 폐하를 닮은 죄로, 되다 만 황제는 눈을 흘기면서, 어느 날 홀연히 세상에서 사라지게 되었다. 큰 사람은 하늘과 땅이 돕는다. 얼마 있다가, 없는 죄를 개과천선하고 망극한 성은을 입어서 이주일은 사면을 받게 되었다.

제왕이 되려면, 자신을 숨기고 바보짓을 하면서 때를 기다려야 하는 법이다. 이주일은 '못나서 죄송합니다'라는 노래를 부

BOSAN

소성(笑聖) 이주일 캐리커처

르고, 저 일세를 풍미한 '수지 큐' 춤을 추고 오리걸음을 걸었다. 못난 사람이 못났다고 하면 겸손이 아니라 참말이다. 이주일이 잘났다고 하는 사람이 없는데, 자세히 뜯어보면 더 못났다. 참말이든 거짓이든, 신소리든 흰소리든, 우스개든 익살이든, 이주일의 얼굴만 보아도 오천만 국민의 입이 귀밑까지 찢어졌다. 이주일은 TV·라디오를 접수하고, 밤무대 낮무대를 점령하고, 마침내 삼천리 전역을 석권하였다. 이리하여, 이주일은 코미디 황제의 금관을 쓰게 되었다.

단기 4325년, 서기 1992년, 면류관을 쓰고 곤룡포를 입은 황제가 할 짓이 없었는지 국회의원이 되어 금배지를 달았다. 황제가 궁궐을 버리고 시정에 나앉으니, 온 백성은 웃다가 지쳐서 소살笑殺할 지경에 이르렀다. 이주일 의원이 국회에 들어가 보아하니, 코미디 황제의 웃음을 덮어 먹는 대사건이 밤낮으로 벌어졌다. 토끼는 애당초 토끼풀을 먹어야 한다. 예부터 하늘 아래 둘이 없는 대한민국 국회라 하였다. 금배지를 단 알짜 코미디언들이 차고 넘쳤다. 법을 만드는 나리들이 법을 어기고 의원이 되었으니, 코웃음이나 쳐줄까, 말하면 잔소리다. 여의도 둥근 지붕 밑에서 벌어지는 코미디쇼를 보고, 어린이들은 욕질하고 삿대질하는 법을 배우고, 어른은 나라를 거덜내는 법을 배운다. 황제는 4년 동안 기상천외한 웃음거리를 터득하였다. 그 일생에 보지도 듣지도 못한 코미디를 실컷 즐기고 의사당을 물러났다.

단기 4335년, 서기 2002년, 황제의 옥체 병마에 신음하기 두 해가 되었다. 황제는 숨을 몰아쉬고 있는데, 온 세상 100억의 눈과 귀가 서울 월드컵 상암경기장에 쏠리고 있었다. 단군 이래 큰 경사, 월드컵이 한국에서 열렸다. 황제는 앉은뱅이의자를 굴리고 나와, 공 차는 구경을 하였다. 황제는 소싯적 돼지 오줌통에 바람을 넣은 공을 차던 축구선수였다. 관중은 대한민국을 외치면서도 마음속으로는 황제의 만수무강을 빌었다. 역사 있은 이래 처음으로 오천만 동포가 하나가 되어, 한국팀이 16강에 들게 해줍소사하고 하늘에 빌었다. 엉겁결에 한국축구를 4강에 올려놓은 하느님도 너무 기쁘고 너무 흥분해서, 온 겨레의 또 하나의 간절한 소원을 잊으셨나 보다.

단기 4335년, 서기 2002년, 8월 27일, 대한민국의 코미디 대황제는 파란만장한 인생의 막을 내렸다. 춘추 61세, 재위 30년. 하늘이 빛을 잃고 땅이 내려앉고, 산천초목이 흐느끼고 억조창생이 대성통곡하였다. 황제는 운명하는 순간에도 백성을 사랑하고 웃음을 남겼다.

"담배를 끊으시오."

유언은 코미디가 아니었다. 만백성은 성냥갑을 버리고 재떨이를 치웠다. 금연열풍이 대단하였다. 담배공장이 문을 닫을 판이었다. 요새 사람들은 황제가 아니라 황제 할아버지의 가르침도 오래 따르지 않는다. 이 나라 백성의 냄비근성은 살아 있는 황제도 못 고치고, 지하의 황제는 더 어쩔 수가 없다. 하루 이틀 지나자, 꺼진 담뱃재가 부활하기 시작하였다. 탓할 수 없는 노릇이었다. 코미디 황제가 안 계시니, 무슨 재미로 세상을 살 것이며, 속이 타는데 안 태우고는 견딜 수 없었다.

감자바위 시골사람이 어떻게 제왕이 되었는가? 못생겼기 때문이다. 어떤 철인은 이주일처럼 못난 천덕꾸러기라야 익살꾼이 될 수 있다고 진작에 예언하였다. 세상에는 잘나고도 못된 사람이 많은데, 이주일은 못나서 잘난 코미디 황제가 되었다. 황제의 커다란 치적은, 못난이도 황제가 될 수 있다는 희망과 긍지를 만백성에게 안겨준 일이다.

이주일 코미디 황제는 모든 백성에게 웃음을 주고 즐거움을 준 소성笑聖으로 영원히 추앙받을 것이다.

• 2002

김진악 金鎭嶽

호는 보산寶山이다. 전라북도 정읍에서 태어나
서울대학교 사범대학 국문과를 졸업하고,
단국대학교 대학원에서 박사과정을 수료했다.
익산 남성고등학교와 서울 배재고등학교 교사를 거쳐
배재대학교 국문과 교수로 취임, 도서관장과 박물관장을
지냈다. 현재 배재대학교 명예교수이다.
'한국인이 웃음' '한국인의 해학' '한국인의 익살' 등을 주제로
10여 개 월간지에 연재했으며, '한국 해학문학 연구서설'
'한국 골계문학형성론' '고려문학의 골계성 연구' 등의 글을 썼다.
지은 책으로는 『익살』『아름다운 틀』『유머 에세이 34장』
『한국인의 익살』 등이 있다.